転職

高杉 良

角川文庫
23653

目次

第一話　外資への挑戦　5
第二話　ゼロからのマーケティング　45
第三話　ヘッドハンターの誘い　83
第四話　社長への道　121
第五話　カルチャーと挑戦　163
第六話　挑戦はつづく　201
あとがき　241
解説　加藤正文　245

第一話　外資への挑戦

1

小野健一は大学四年になっても就職活動の一時期を除いて野球を愉しんでいた。というより、熱中していた。高校時代なら野球少年は少なくないが、大学へ進学してもずっと続けていたのだ。

横浜市立大学商学部を一九九二（平成四）年三月に卒業した小野は五月にアンダーセンコンサルティング（現アクセンチュア）に入社した。

当時アンダーセンは日本上陸後、日も浅く、さほど知られてはいなかった。だが、採用された者は必ずシカゴの本社で研修があると聞かされていた。海外に興味がある小野の関心をそそるのは当然だった。

志望動機をほじくれば、経営コンサルタントとして著名な大前研一の本を読んで共感を覚えたことかも知れなかった。

アンダーセンは三月、四月、五月の三度に分けて採用試験をしていたが、小野は五月組だった。日本法人の本社は港区南青山のカナダ大使館に近い賃貸ビルに在った。

当時は書類選考や筆記試験のハードルが低かったことが功を奏したらしく、小野は面接に進むことができたのだ。

小野はアンダーセンの採用方式を大いに気に入った。

楕円形のテーブルに八名を着席させてフリートーキングをさせるのだ。大会議室にテーブルが五卓、各テーブルに若い社員が一人ずつ着席しているが、目礼しただけで口もはさまなかった。人事部の採用担当マネージャーと覚しき男性がテーブルを見張って行ったり来たりしていたが、これまたひと言も発しなかった。

八人の中からいつの間にか仕切り役が出てきて、討論会を進行しているのに小野が気づいたのは、開始後十分ほど経ってからだ。

東大、一橋、早稲田、慶應などの有名大学の学生に違いないと小野は思った。テーマはあらかじめ決められている訳ではなく、世の中の出来事の何かで、小野たちのグループのテーマは〝バブル経済の功罪について〟に決まった。

銀行の貸しはがしをあげつらう意見が多い中で、小野は敢えて銀行寄りの発言をした。

「借りる側の方が罪は深いと思います。押し売りを撃退するのは当然ですよね。初めから借りるいわれは無いと断り切ればよいのであって、仕返しを恐れる必要はありません。銀行はたくさんあるのですから」

小野は話しながら『これでアンダーセンは終わったな。東大だか早稲田だかの優等生に勝つことはない』と観念していた。ただし興味深いことこの上なく、こんな体験ができただけでも感謝しなければならない、とも思っていた。

その夜、大学野球部の仲間と食事した時、この話をすると「諦めるのはまだ早いよ。小野の取り得は百八十三センチの長身と強靱な身体と言いたい。外資は体力が物を言うというじゃないか」となぐさめられた。

小野の面接試験の結果は吉と出た。なんと採用内定の通知がアンダーセン人事部から届いたのだ。我が目を疑ったほどの嬉しさだった。同じグループ八名からは小野とグループを仕切っていた福田幸弘の二人が通った。

小野は人事部の面接でも落ち着いていて至極自然体で対応できた。高校生のころから極度に緊張したり上がったりすることはなかったのだ。

「君は大きいねぇ。何センチあるの？」

「百八十三センチです」

「応募者の中で一番ノッポなんですよ。趣味は野球とありますが、大学では何を……」

「大学でも野球です。軟式ですが、ずっとキャッチャーをやっていました。全体が見渡せて指示が出せます。三年生からキャプテンでした」

「なるほど、それで八人の中でちょっと変わった印象だったんだ。ウチは秀才はさほど欲しいとは思わない。極端にいえば変わり種の方に魅力を感じるんだ」

「はあ、はい。高校三年のときも野球の魅力に取りつかれてしまい、大学受験は二の次でした」

「そうか。だが就職したからにはそうはいかないぞ。就職後は野球は無理だな」

「もちろん覚悟しています」

「しごかれるのは当然と受け止めている訳だね」

「はい」

「返事も良いし、笑顔も悪くないぞ。大いに気に入った」

担当者は急に身づくろいし、表情をこわばらせた。

「ところで英語力はどうなの？　日常会話ぐらいはできるんだろうな」

「全く話せません。ぜんぜん駄目です」

「それでアンダーセンを志望したとは信じられんねぇ」

「全力で取り組めばなんとかなるんじゃないでしょうか」

「そのガッツに期待するしかないな。しごかれている間にドロップアウトしないことを祈ってるよ。途中で落伍(らくご)されたらやってられないからな」

「ご期待にそむかないように頑張ります」

「うんうん。いいだろう」

担当者は我が胸に言い聞かせるように、頻(しき)りに頷(うなず)いた。

小野の笑顔が再び輝いた。

「落伍する訳がありません。体力には自信があります。野球で鍛えていますから」

担当者はにこっとして、立ち上がって小野の肩をポンと叩いた。年齢は三十二、三歳と思えた。

「ありがとうございました」

小野は嬉しくてならないと言わんばかりに低頭した。

日本経済のバブルがはじける直前ということもあり、内定者は会社から厚遇され、研修という名のもとに種々の接待を受けて、引き留め工作がなされていたというが、小野へのそれはなかった。

アンダーセンが採用した新入社員は百五十人ほどであったが、横浜市立大学からは小野が唯一の合格者であった。

入社時の小野の評価は下から五番目、「クビにならないように頑張れ」と言われるのも当然で低評価だった。

2

一九六九（昭和四十四）年九月十三日に小野健一は生まれた。幼いころから身体が大きかった。そんな健一に、工作機械の設計事務所を営む父・正秋は勉強よりもスポーツをするよう勧めた。

「人間は健康が第一だから、まずは身体を動かしなさい」が正秋の口癖だった。

父の願いどおり健一は野球を始め、リトルリーグに所属した。優れた運動神経と大きな身体でメキメキと頭角を現していった。

「あの子はいいね」

ある日、リトルリーグの練習を見に来ていた横浜大洋ホエールズの二軍の選手たちが健一を見てそう言った。

「健ちゃんはやっぱり凄いわね、プロの選手から褒められてるわよ」

「どこまで行くのか楽しみでならないな」

周りの保護者たちは皆一様に「健ちゃんはプロ野球選手を目指すんだ」と口を揃えた。

しかし高校進学の際、正秋は野球の強豪校ではなく、神奈川県立校への進学を健一に勧めた。〝野球一筋では潰しが利かない〟との思いが強かったのだ。

一九五七（昭和三十二）年、健一の父正秋が中学三年生の時に家族の借金が発覚し、熊本の小野家が保有していた土地のほとんどを失ってしまった。

農業で生計を立てられなくなった正秋は、中学卒業後すぐに東京の親戚を頼って上京した。親戚も決して裕福ではなかったので、正秋は大田区の鋳物工場で住み込みで必死に働いた。

結婚した後、少しだけ生活に余裕が出来たころ、正秋は夜間高校へ進学した。早朝から汗まみれで働き、仕事が終わればすぐに学校へ行き勉強した。

「正秋、お前は誰よりも一生懸命働いているし、向上心も人一倍なので技術部門に移ってもらおうか」

夜間高校を卒業したころ、正秋は働きぶりが認められ、製造の現場から技術部へ栄転となった。貧困に苦しみながらも必死に働き続け、やっと報われた瞬間だった。

技術部では工作機械などの設計にも参加できるようになり、独学で工作機械設計の技術を学んだ。その後も工場勤務を続け、十五年間勤めたのち、独立して設計事務所を構えた。

正秋は自分が貧困で苦労したからこそ、息子の健一には金銭面で苦労して欲しくないとの思いが強かった。健康の為にスポーツはやらせるが、怪我などをした時に潰しが利かないプロスポーツ選手という進路には、反対する立場を取り続けた。

それでも最後には本人である健一に決めさせた。

「怪我をしたら食い扶持がなくなるプロ野球選手を目指すことにはお父さんは反対だ。

将来を考えて普通の進学校に進んでほしい。ただし最後に決めるのはお前だからな」

「分かった。普通に受験するよ。家族に迷惑をかけたくないしね」

「自分の道は自分で決めろ」それが正秋の教育方針の根幹だった。

健一は結果として、軟式野球部しかなかったが地元の高校に進学した。父の勧めもあったとはいえ、最後は自分自身で決めた。

健一には二人の弟がいる。一歳下の貴志(たかし)と五歳下の和宏(かずひろ)だ。母の優子(ゆうこ)はいつも三人の子供たちを温かく見守っていた。優しくも厳格な父・正秋とは対照的に、優子は大らかな性格だ。

男の子三人ではあるが、健一は身体も大きく圧倒的に強かったので兄弟喧嘩(きょうだいげんか)は少なかった。それでも子供たちが悪さをした時、叱るのは正秋で、罰として公営団地の周りを走らせるのが通例だった。

そんな時、父親をなだめ、さりげなく息子たちをフォローするのが優子の役目だった。

大らかで優しい優子は、町内のママさんバレーボールチームのキャプテンを務めるほどの身体能力の持ち主だ。口数は少ないけれど、周囲から頼りにされていた。

ある日、優子たちのチームが東京のママさんバレーチームと交流試合をした時のことだ。相手チームは試合経験豊富な強豪で、優子たちのチームメイトは萎縮(いしゅく)していた。

そんな中試合が始まった。優子は渾身の力を込めてサーブを打つ。強烈なサーブが、ライン際に突き刺さった。

「小野さんすごい！」

優子は微笑んだ。

「交流試合なんだから、もっと気楽にやりましょうよ」

緊張がほぐれたメンバーたちは、のびのびと試合することが出来た。結果はストレート負けだったが、チームメイトは皆笑顔だった。優子はいかなる状況下でも、常に笑顔と行動で人を引っ張っていった。

正秋の事務所の経営がうまくいかない時も、優子は子供たちを不安にさせないように好物のハンバーグをたくさん作ったりして、笑顔を絶やさなかった。

健一の高い運動能力と統率力は、優子のＤＮＡに違いない。

健一は神奈川県立平塚江南高校に進学した後も、軟式野球部で野球を続けた。野球に関しては自信があったので、一年生のころから積極的に先輩に対しても遠慮なく意見を主張した。

入部したばかりの一年生が大きな顔をすることに気を悪くする先輩も少なくなかった。小競り合いが絶えなかったのも仕方がない。

「おい！　一年。仏頂面で歩くんじゃねーよ」

「え？　先輩何ですか。俺部長ヅラなんてしていませんよ」

「もういい……。お前に話しかけた俺が馬鹿だった」

健一は仏頂面という言葉を知らず、部長のようにふるまっていると言われたと勘違いしたのだ。健一は勉強が出来るほうではなかったが、度胸は人一倍どころか百倍あった。先輩に言いがかりをつけられても、堂々と言い返していた。

三年生は一学期で野球部の活動を終えて、受験勉強に励むことになる。健一も影響され、大学受験のことで正秋に進路の相談をした。

「お父さん。俺大学に行きたい」

「いいよ。ただウチはお金が無いから、家から通える国立の大学ぐらいしか行かせてやれそうにないんだ」

正秋の懐事情は厳しかったが、三人の子供を大学に進学させることが正秋の目標だった。自身が夜間高校卒で、仕事を選ぶ際、選択肢が少なく苦労した経験があったからだ。

特に長男の健一には弟たちのためにもあまりお金をかけられないというのが実情だった。

この時点で健一が受験できる大学は二つに絞られた。自衛隊員になることで学費が免除される防衛大学校と、横浜市立大学。自衛隊には入りたくない健一は当然、横浜市立大学への進学を希望した。

「先生。横浜市立大学に行きたいです」

「お前の成績じゃ無理だ、諦(あきら)めろ」

三年生の夏まで野球に打ち込んでいた健一の成績はすこぶる悪かった。

しかし健一は「無理だ」と言われると、逆に強く反発する。そう言われた後すぐに参考書を買い揃え、生まれて初めて勉強に打ち込んだ。

数学は得意だが、英語などの暗記科目は不得手だ。これは日ごろの勉強量がものを言う。健一はスポーツで鍛えた持ち前の集中力を活(い)かし、朝から晩まで死ぬほど勉強をした。

健一は年末の模擬試験で十分に横浜市立大を狙えるレベルまで成績を上げた。周りの教員たちは一様に驚愕(きょうがく)した。

「せっかくここまで勉強したんだから、私立も受験したらどうだ。こんなに頑張って高卒じゃあもったいないからな」

「いや、いいです。弟たちに迷惑はかけられませんし、これだけやって駄目なら高卒で働くことになっても悔いはありません」

健一は弟たちのことを誰よりも大切にしていた。また、工作機械設計事務所を経営して苦労しながら三人の子供を育てている父に早く楽をさせてあげたいという気持ちもあった。

「大学には行きたいが、高卒で働くことになっても何とかするさ」は当時の健一の口癖だった。

苦労して経営者として立派に働いている父の背中を見てきたからこそ、自分もやらねばという思いがあった。

帰するところ、健一は横浜市立大学に合格し、そこでも野球を続けることになる。

合格発表の後、教師たちは口を揃えて言った。

「たった半年の勉強で横浜市大に合格するなんて信じられない。一年間頑張れば東大に入れただろうな」

「僕は家族に迷惑をかけたくなくて、横浜市大を目指したんです。学歴のためじゃありません」

健一は東大を目指すなどということには、全く興味がなかった。苦しい中、大学入学を許してくれた両親の愛情に感謝しつつ、大学生としての新たな一歩を踏み出した。

3

一九九二年五月六日。小野健一がアンダーセンコンサルティングへ入社するとすぐに、新入社員向けの研修が始まった。

研修は前半と後半に分かれており、前半は日本で、後半はシカゴで行われる。各研修では課題が与えられ、それを達成出来なければ即刻解雇という厳しいものだった。日本での研修は、COBOL（コボル）というプログラミング言語を用いて、一か月以内にホテルのリザベーションシステムを作成するという内容で、マニュアルは全て英語だ。

小野はTOEIC四百点程度の英語力しかなく、しかもプログラミングはおろかパソコンに触れたことすらなかったので、超難関の内容だった。一定の進行ごとに行われる面談では常に最後のグループで、優秀な同僚たちからは〝ドベチーム〟と蔑まれ愚弄されていた。〝ドベチーム〟には小野、荒木、山瀬が含まれていた。

「もう駄目だ。プログラミングなんてさっぱり分からない。何をすればいいのかさえ分からないのだから手の付けようが無いよ」

「小野。そんな思いつめた顔をするなよ。なんとかなるって」

「荒木は楽天的過ぎるよ。そういう君は出来たのか？」

「まあそのうち出来るって。山瀬、お茶淹れてくれないか」

荒木望は慶應義塾大学に幼稚舎から通っていたお坊ちゃんで、高身長で整った面立ちが印象的だ。貧乏育ちの小野とは対照的だった。

「全く荒木はしょうが無い奴だなぁ。お茶淹れたよ。ついでに小野も飲むかい」

山瀬直樹（なおき）は二人にお茶を淹れると、荒木の肩を揉（も）み始めた。山瀬は大学入学時に二浪し、さらに大学院卒なのでほかのメンバーよりかなり年長だ。山瀬は荒木のことが大好きで、ことあるごとにお茶を淹れたり、肩を揉んだりと気遣いしていた。

「山瀬、さっきの課題出来たのか」

「ああ、出来たよ」

「じゃあ教えてよ」

「昨日習ったCOBOLのコマンドを使って書くんだよ」

「どんなコマンドだっけ？　書いてくれないか」

「マニュアルの四八ページに載ってるよ」

「駄目だ。英語で書かれているからさっぱり分からない。とにかく書いてくれよ」

「全くしょうがないなあ」

山瀬は〝ドベチーム〟内では課題をこなすのが比較的早く、英語の理解度も高かった。荒木は小野と同様に課題を理解していなかったが、山瀬の協力で常に小野よりも先に課題を提出していた。

「よし、出来たぞ。後は小野だけだな」

「そうだな……」

能力的には小野とどっこいどっこいの荒木にすら先を越される。小野の悔しさといったらなかった。もっとも、元々シカゴに行けるからという軽い気持ちでアンダーセンに入社したのであり、具体的に何をやるかさえも知っていたわけではなかったのだ。

『英語は全く分からないし、プログラミング言語もさっぱり理解出来ない。俺は何をやっているんだ』

疲れ切った小野はついに堪えかねて、母親の優子に電話をかけた。

「お母さん。俺は体力なら誰にも負けない。どんな長時間労働にだって耐えられる自信がある。でも今は何をやるべきかすら分からない中で、やりたくもない仕事をやらされるのは我慢ならないんだ。辞めたいくらいだよ」

「でもね健一、石の上にも三年って言うでしょ。やっていくうちに分かるようになるかもしれないよ。もう少し頑張ってみたら」

「もう目の前が真っ暗で、にっちもさっちも行かないんだよ」

「辞めるのはいつでもいいのよ。せっかく面接を乗り越えて入社できたのだから、もう少ししがみついたらどう？」

小野は母に愚痴を言いながらも、母の愛情を支えに何とか辛抱しようと思った。しかし精神的に限界を迎えていた小野は、ある日新橋駅の東海道線のホームで倒れてしまった。

『何をやるべきなのかが全く見えてこない。もう限界だ』小野は日に日にやつれ、誰の目から見ても異常な状態だった。

そんな小野に声をかけてくれたのが、採用試験で同じグループだった福田幸弘だった。

「小野君。調子はどうだ？」

「次の課題が全く出来なくて。入力画面の会員番号をもとに口座情報をデータベースから持ってくることは分かったんだが、パラメーターの設定のコツが分からないんだ」

小野はパソコンの画面を福田に見せた。

「そこまで出来ているなら、あと少しだよ。僕もさっき出来たばかりだから」

「本当か？」

「パラメーターに実数値を入れると柔軟性が無くなるから、変数を入れるんだ」

「そうだったのか。ありがとう」

福田も決して課題をこなすのが早い方ではなかったが、小野のことを心配して自分の課題の合間をぬって分からない所を教えてくれるようになった。小野は英語こそ出来ないが、思考力は高い。福田は一から十まで教えたわけではなかった。だが、小野は福田のヒントをもとに、少しずつ課題をこなしていった。

「小野。課題は終わったか」

荒木が声をかけてきた。

「ああ、なんとかな」

「やるじゃないか」

「そういうお前はどうなの」

「俺はとっくに終わらせたよ。山瀬が全部教えてくれたんだ。お互い締め切りに間に合って、シカゴに行けるということだ」

こうして小野と荒木を含め、日本での研修は一人の脱落者も出さずに終了した。

一か月間の日本での研修を終えた小野たち新入社員は、米国イリノイ州シカゴ近郊のセント・チャールズに出発した。いわばここはアンダーセンの人材育成の聖地で、世界中の新入社員が集結させられ、三週間のトレーニングが行われるのだ。

小野たちは大部屋へ連れていかれ、チューターと呼ばれる若い女性の指導者から研修内容の説明を聞かされた。

「皆さんにはまず、一週間でプログラムを実際に動かせるレベルまで作ってもらいます。といってもベースは日本で作ったものなので、十分時間はあると思います」

「…………」

「…………」

「これからは、日本語での会話は禁止です。もし新入社員同士が日本語で相談しているのが見つかった場合は、即刻国外退去ですから心してください」

小野は福田のアドバイスを頼りになんとか課題をこなしてきたが、日本語でのアドバイスが禁止とあっては、手の打ちようがない。俺の運命もここまでかと諦めの気持ちが募っていた。

小野は、既に課題をこなして他国の新入社員たちと英語で談笑する仲間を羨望の眼差しで眺めるだけだった。

アンダーセンに入社を希望する者で、英語が喋れない者などほとんどいなかった。小野は孤立し、絶望の淵にいた。

最終日の朝、優秀な者たちは既に課題を終えて暇を持て余していたが、小野の課題は全くといっていいほど進んでいなかった。小野にとってプログラミングは、自分の力で突破できる難易度の問題ではなかった。

しかし久しぶりに丸一日の休息を取った甲斐もあってか、小野の精神状態は幾分好転していた。絶体絶命のピンチの中、苦労しながらも三人の子供を育てた父正秋の言葉を思い出していた。

『どんなに頑張ったって駄目なこともある。でも全力で頑張らずに諦めたら後悔する。だから勝負が決まる瞬間まで、諦めずに頑張ることが大事なんだ』

小野は一か八かの、最後の大勝負に出た。昼休みに東大卒で優秀な宮田に声をかけると、禁止されていた日本語で話し始めた。

「頼む。何をやるのか日本語で教えてくれないか。このままじゃ強制退去になってしまう」

万一この場面をアンダーセンの人に見られたらその時点で失格だ。そしてもしも小野の申し出に答えた場合、宮田も同様の運命をたどることになる。

「ああ、いいよ。小野君は凄く頑張っているし、知識は乏しいだろうけどセンスはありそうだからね。こんな所で終わるのはもったいないよ」

小野のことを、宮田は高く評価していたのだ。

「ばれるとやばいから手短に話すぞ」

「ありがとう。恩に着るよ」

小野は宮田の話を聞き終えると、急ピッチで作業を進めた。

午後八時。課題提出の刻限まで残り一時間を切った。この時点で課題を終わらせていないのは、小野と同じ〝ドベチーム〟の荒木と二人だけだった。

「浅倉さん。僕にはこれは出来ません。僕の代わりにやって頂けませんか?」

荒木はチューターの浅倉奈緒に頼み込んでいた。

「全くしょうがないですね」

小野同様何をやるのか理解していなかった荒木は衝撃の行動に出た。彼もまた日本語禁止を無視してチューターの浅倉を口説き落とすと、全ての課題を浅倉にやらせたのだ。

『こんなの有りかよ……』日本から来た新入社員全員が心の中でそう思ったが、その無茶を通す魅力が荒木にはあったのだ。女性の扱いで荒木の右に出る者はいないだろう。

「早く終わらせないと……」

ついに最後の一人になってしまったことで、小野は一層焦りが募った。クーラーがガンガン効いていたにも拘らず、額からは汗が噴き出ていた。

「一応時間内だが、エラーチェックの時間が無い。もう駄目だ」

終了わずか三十分前、小野はようやく課題を形にし、エラーチェックの工程に入った。

通常このレベルのプログラミングをする場合、最初のエラーチェックでは平均百以上のエラーが出る。小野は一応形にできた達成感と、間に合わないだろうとの絶望感がない交ぜになった複雑な思いにとらわれていた。

しかし、今を全力で生きるものに、勝利の女神は微笑んだ。

「奇跡が起きた」

小野は思わず叫んだ。部屋中の人たちがぎょっとし、小野の方を振り返った。それでも一切気にせずに、猛スピードでエラーの修正作業を始めた。

「エラー数3」

エラーチェック後のパソコンが示したエラー数は、通常のそれとは比べ物にならないほど低い値だった。一回目のエラーチェックでここまで少ないのは、小野以外にはいなかった。

「おめでとう小野君。率直に言うが、君は駄目だと思っていたんだからな」

「ありがとうございます。これからも精進いたします」

小野が課題をクリアしたのをこの研修の責任者は目を丸くして驚いた。最後まで諦めない小野の姿勢が、研修突破という勝利を引き寄せたのだ。

4

シカゴでの研修を終えて東京に戻った小野健一は、製造業プロダクトグループに配属され、グループ責任者であるパートナーの土井雄一から出向先が伝えられた。

「大阪のシャープに行って、経理システムの開発業務を手伝ってもらう。七月一日業務開始だから、それまでに引っ越しの準備を済ませておくように」

「分かりました」

命令とあっては仕方がないが、小野は内心大阪には行きたくなかった。当時付き合い始めたばかりの恋人がいたからだ。

その日の夜。小野は杉野桂子に大阪への転勤を打ち明けた。

「桂子さん。七月から大阪勤務になった。参ったよ」

「そうなの」

「もし付き合い続けるなら遠距離恋愛になるんだ。付き合いは続けたいけど、君の気持ちを一番に尊重したいと思う」

「私は別れるなんて嫌よ。休みの日に東京に帰ってくればいいじゃないの」

「でも忙しいから、帰れないかも知れない」

「だったら私が大阪へ行くわ」

「いや。そうはいかない。俺が出向くのが当然だよ」

七月一日に小野は吹田市の地下鉄御堂筋線江坂駅から徒歩八分の小さなワンルームのアパートに転居した。シャープまでの通勤時間は片道三十分と便利な所である。

小野たち新入社員に与えられたミッションは、会計システムのプログラミングである。新入社員は心斎橋にあるシャープのプログラミンググループに集められた。

「費用管理担当の藤岡です。よろしくお願いします」

小野は研修で一緒だった荒木たちと共に、会計システムを作成する部署に配属された。

「これから皆さんと一緒に費用管理のシステムを作っていきます。マニュアルに従って作業を進めて下さい」

小野たち新入社員は、手渡されたマニュアルを見ながら作業を始めた。しかし、プログラミングの知識のない小野と荒木は、マニュアルを見ても何をすればいいのか分からなかった。

「どうやってやるのか教えてよ」

「悪いな。今は自分の作業で手いっぱいなんだ」

人懐っこく人に好かれる荒木だったが、同僚たちは荒木を煩わしく思ってもいた。締め切りが厳しくて経験者も少ない中、他人を指導できる余裕のある者が周りにいようはずがなかった。

「小野、どうする？」

「どうするもこうするも、やるしかないだろう」

荒木は途方にくれていた。一方の小野は、研修の時より遥かに気が楽になっていた。研修時のマニュアルは英語だったが、シャープのマニュアルは日本語だ。

ただ、マニュアルだけでは無理だと判断した小野は専門書を買い求め、夜間に勉強し、職場でその知識を試そうと考えて、それを実行した。

『とりあえずエラーチェックしてみるか。ああ駄目だ。エラーだらけだ』

最初は大量にエラーが発生した。しかし小野は諦めず、トライ&エラーを繰り返した。

そんな小野を、藤岡貴之は徐々に信頼するようになっていった。

「小野、調子はどう？」

「悪くはないのですが、またエラーが出てしまいました」

「このパラグラフの最後に終わりの記述が無いだけじゃないか。最後の部分にピリオドを打てば、すぐに動くよ」

「あっ本当だ」

「よくここまで自力で作ったね。〝ドベチーム〟なんて言われていたからどんな奴が来るのか戦々恐々としていたんだ」

「…………」

「よし、今日中に終わらせよう。終わったら飲みに行こうや。一杯おごるよ」

「えっ。本当ですか。ありがとうございます」

小野は藤岡の指導の下、メキメキとプログラミング力を上げていった。

アンダーセンが新入社員にプログラミングをやらせるのは、論理的思考力を鍛えるためだという。小野は元来の論理的思考力の高さを、ビジネスマンとしての武器になるレベルまで磨き上げていったのである。

半年後。プログラムの大枠が完成するころには、小野はほとんどミスをせずプログラミングが出来るようになっていた。

「今日からテストの工程に入る。小野以外のメンバーは今日で解散だ」

福田が小野の肩を叩いた。

「すごいな。まさかお前が残れるとは思わなかったよ」

実際にプログラムが動くかどうかのテストには、各チームで最も優秀な者が残され、該当者以外は東京へ帰される。費用管理グループからは小野が、業績管理グループからは、研修中小野と最も仲が良かった福田が残ることになったのだ。

「福田。お前が残ったのか」

「そっちこそよく残れたな。プログラミングは苦手だった筈なのに」

「苦労したよ。毎日残業しながら、専門書を読んで勉強と実践を繰り返した甲斐があったよ」

「俺も似たようなもんさ」

その夜、小野は半年ぶりに福田と飲みに行き、苦労話を語りあかした。

「彼女とは上手くいってるのか？」

「東京だからなかなか会えなくてな」

「最後に会ったのはいつだ？」

「二週間前」

「十分会ってるじゃないか」

「いやいや、休日出勤が無い日しか会いにいけないんだ。彼女の為にも一日も早く東京へ戻りたいよ」

小野は仕事が無い土日は、どんなに前日遅くても必ず桂子の住む東京に向かった。それでも遠距離恋愛は辛い。優秀社員に残れたのは嬉しかったが、早く東京に戻りたいとの思いが募っていた。

「彼女の為にも、早く仕事を終わらせないとな」

「ああ」

小野たちがシャープでの出向を終えたのは、翌年六月のことだった。

大阪での出向を終えた小野は、七月一日付で名古屋に出向することになった。

「東京に戻れると思ったら大間違いだぞ」

「また出向ですか」

「至急名古屋に向かってもらう。今名古屋のプロジェクトを救えるのは君しかいない」

上司にそう言われ、小野は不本意ながら、会社の意向に逆らえる訳がなかった。

名古屋での仕事は、JR東海の会計システムの制作を手伝うことだった。既にプロジェクトが開始されてから一年が経っていたのだが、優秀なプログラマーが少なくプロジェクトは停滞気味だった。

名古屋の現場を仕切っているのは、小野より一歳上の山口だ。わずか一年先に会社に入っただけなのに、偉そうにふんぞり返り、大変な仕事を全て小野たちに押し付けた。

「自分は仕事をしないで命令するだけで、俺たちがいくら苦労して修正しても手柄は奴のものだ。やってられないよ」

「小野の言う通りだ。俺たちのことを奴隷か何かだと勘違いしているんだ」

「でも会社で働いている限り、上司に逆らうことは出来ないんだよな」

小野は同期の仲間たちと愚痴をこぼしあった。

『よし、決めた。俺は社長になる。自分で舵を取る立場にならなければ、納得出来る環境で仕事をするなんて出来っこない』

この頃から小野は『社長になる』という夢を意識するようになった。

一九九四年三月二十六日。小野は遠距離恋愛中だった恋人の桂子と結婚した。

妻となった桂子と名古屋で同居し始めた。愛する妻がいる家庭は快適で、小野はますます仕事に集中して取り組めるようになった。

しかし、同居生活は良いことばかりではなかった。名古屋の食事や文化が合わず、桂子はたびたび不満を漏らすようになっていた。

小野も一刻も早く東京に戻りたかったが、思い通りには運ばず、名古屋での仕事を終えたのは、一九九五年八月三十日のことだった。

同年九月。シカゴへの転勤が決まると、桂子は大いに喜んでくれた。

しかし、小野は英語が出来ない。最初の三か月はほとんど言葉が分からない状態で仕事をするはめになった。

小野は英語が出来なくても、プログラミングに関しては既に達人といえるレベルに達していた。言葉が通じなくても、何とか仕事に喰らいついていくことは可能だった。

日本からシカゴに出向してきた社員たちは全員SAPという資格試験を受けることになっていた。これは企業の経営資源を有効に使うために、総合的に管理するERPパッケージと呼ばれるシステムの知識と理解度を推しはかるための英語での筆記試験である。

小野も例にもれず試験を受けることになった。試験前日、同じく日本から出向してきた寺本と談笑した。

「明日のテスト、どんな感じなんですかね」

「ああ、それなら大丈夫ですよ。今まであの試験を受けて、落ちた人は一人もいなかったらしいですから」

「そうなんですか。だったら余裕ですね」

寺本秀樹(ひでき)は京都(きょうと)大学出身で、頭が良く真面目で小野とはウマが合った。

「明日試験だっていうのに、対策とかしなくていいの？」

その夜。桂子は心配そうに小野に尋ねた。

「平気だよ。寺本さんがあの試験は誰でも受かるって話してくれた」

「でも寺本さんってすごく頭がいいじゃない。彼の話を鵜呑(うの)みにするのも良くないと思うけどなあ」

「大丈夫、大丈夫」

翌日の試験問題を見て、小野は愕然(がくぜん)とした。あくまでも寺本にとって簡単な試験だというだけで、当時の小野にとってはかなりの難関だったのだ。

結局日本から出向してきた社員の中で小野は、唯一ＳＡＰの試験で不合格という不名誉な伝説を作ってしまった。

しかし、仕事は至って順調だった。シカゴに来て三か月もすると英語もかなり分かるようになっていた。

小野夫妻は五か月でシカゴから日本に帰るのだが、小野はシカゴに行く前には四百点しか取れなかったTOEICのテストで七百六十点も取れるほど成長した。

シカゴから戻った後、しばらくして小野は、富士ゼロックスの経営改革プロジェクトの副リーダーに任命された。

「小野君、おめでとう。明日から君はマネージャーに昇進だ。富士ゼロックスの会計コンサルティングのプロジェクト・副リーダーになってもらう」

「分かりました。頑張ります」

『やったぞ、ついに副リーダーだ』

小野は心の中で快哉を叫んだ。

この時、『将来は社長になる』という目標を固めていた小野にとって、実際に指揮する立場になれるのは千載一遇のチャンスに等しい。

「小野君の仕事ぶりは本当に素晴らしいよ。マネージャーに昇格するのだって遅すぎるくらいだ」

上司の土井は、ここぞとばかりに小野を褒めた。これからとんでもなく厄介な仕事を任せる故、少しでも気分よく受けてもらおうという魂胆だった。

「具体的にはどのようなプロジェクトですか」

「君には現場の営業や工場、物流などの全ての業務系システムと、決算システムをつなぐインターフェースのシステムを確立する部署のまとめ役をやってもらいたい。詳しくはプロジェクトリーダーの跡部君に聞いてくれ」

「承知しました」

インターフェースとは、ＩＴ用語で異なる種類の物を結びつける共用部分という意味だ。マネージャー・小野の最初の仕事は、業務系システムと会計システムをつなぐインターフェースの開発だった。

「ついにマネージャーに昇格したぞ」

その日の晩。仕事が終わると小野は真っ先に妻に出世の報告をした。

小野は期待に胸を膨らませて、プロジェクトの初会議に出席した。

「この業務を担当する総合リーダーの跡部です」

艶のある低音で挨拶した跡部徹は社内で〝天才〟と呼ばれている。小野より二、三歳年長だが将来の幹部候補生として期待されていた。

小野の他には、資金担当の原口と村上、物流担当の加藤が出席し、顔合わせを済ませると、さっそくクライアントの富士ゼロックスに移動し、それぞれの担当者と面談をした。

富士ゼロックスが使用しているシステムでは会計処理を完了するのに十五日もかかっているのだが、それをわずか三日間で処理できるような会計システムを作成するというのが今回のプロジェクトだ。

このプロジェクトは業務設計、システム設計、プログラミング構築、システムテスト、システム導入、安定稼働までの運用サポートという順番で進行することになっている。

難易度の高いプロジェクトだけに、現場レベルでは反発も大きかった。小野は粘り強く富士ゼロックスの担当者とハードネゴシエーションを続けた。担当者は少しずつプロジェクトを受け入れるようになり、業務設計、システム設計、プログラミング構築、システムテストまで順調に進んだ。

しかし、実際にシステム導入の作業が始まる段階になると、状況は一変した。他部署のシステムが止まるなどのミスが多発したのだ。小野のチームは他チームのフォローに追われ、残業時間も加速度的に増加していった。

毎朝八時から行われている会議の後で、小野は跡部から呼び止められた。

「小野君、ちょっといいかな。一般会計のシステムも担当をお願いできないかなあ」

「え？　担当の松尾(まつお)君は？」

「倒れちゃったんだ」

「ええ!?　じゃあ原口さんは？　彼は公認会計士の資格を持っていますよね」

「あいつは色々忙しいらしいんだ」

原口は最重要視されている資金面を担当しているため、それ以上の仕事を任せてミスが出たら困るというのが現場の判断だった。その後も社員が疲労困憊で倒れるたびに、小野の担当する部署は増える一方だった。

そんな状況にも拘らず、上司の土井が小野をフォローすることはなかった。

「やあ、小野君。頑張っているみたいだね」

「土井さん。ひど過ぎます。滅茶苦茶ですよこの仕事量は。少しは手伝ってくれませんか」

「ハッハッハ。営業の私にはシステム面のことはさっぱり分からんよ。それじゃあ小野君、明日は取引先とのゴルフで朝が早いからお先に失礼するよ」

小野をプロジェクトの副リーダーに任命した上司であるにも拘らず、土井はまるで他人事という感じだ。頼れるのは己だけ、そんな過酷な状況下で、小野は命を削る思いで何とか仕事をこなしていった。

開発したシステムを導入する段階に入ると、クライアント会社が稼働しない午後八時から早朝までの時間帯に仕事を行わなければならない。クライアントの日常業務を止めるわけにはいかないからだ。

午後八時から始まり、朝まで夜通しシステムの入れ替えとチェックで、モニターとにらめっこする日々が続いた。

「頼む。バグなしで通ってくれ」

エンジニアが作ったシステムが順調に作動するかをチーム全員で固唾をのんで見守っていた。エラーがなければ夜食を食べる時間ができるが、エラーが起きたら最後だ。午前八時から始まる会議までに、それを突貫作業で修正しなければならない。

若手の社員が絶叫した。

「エラー発生しました！」

小野の顔もひきつった。

「なに！　どうするんだ。もう五時じゃないか、あと三時間しかないぞ」

「跡部さんに連絡しますか」

「あの人だって忙しいんだ。ただでさえ少ない睡眠時間なのに、今起こす訳にはいかないだろう。何とか俺たちだけで直すんだ」

通常、締め切り直前にしか起きないようなデスマーチ（業界用語で、プロジェクトにおける過酷な労働状況）が毎日のように続いた。日々の業務を滞りなく行いつつシステムを入れ替えるには、クライアントの始業時間を締め切りにせざるを得なかった。

朝八時からの会議も、日に日にピリピリとした空気を纏うようになっていた。

「小野君。どうしてこんなことも分からなかったの？」

「この部分は他部署から引き継いだものですから、いかんともし難く……」

「そうか。それならしょうがない。俺がクライアントさんに謝りにいくから、君は少しでも早く直してくれ」

「はい」

常日頃クールな跡部だが、この時ばかりは流石にやつれて憔悴した顔を見せていた。各部署を担当していた社員の多くがぶっ倒れ、なんとか持ちこたえているのは跡部と小野、そして資金担当の原口と村上の四名だけになっていた。わずか四人で全てのシステムを担当しているのだから、無理からぬことである。

午後五時。小野は前日の午後八時から始まった全ての仕事を終え、カプセルホテルでわずかな睡眠を取り始めた。三時間後の午後八時にはまたシステムトラブルとの戦いが始まるのだ。こんな過酷な生活が半年も続いていた。

この頃の睡眠時間は最長で三時間だが、この時間もクライアントは稼働しているので何かエラーが起きれば対応せざるを得ない。

「プルルルル」

携帯の音が鳴り響く。

「はい、小野です。跡部さん？」

「またシステムの不具合が発生した。このままじゃ仕事にならないからすぐに直しにきてくれ」

「わかりました。すぐに向かいます」

三時間の睡眠が取れるケースの方が少ないくらいだった。小野は携帯の音が鳴るたびに、蕁麻疹が出た。

これほどまでに過酷な状況下で仕事をしていた小野だが、後に「新入社員研修の時に比べたら、気持ち的には遥かに楽だった」と周囲に述懐している。

なぜならこの時、小野はすでに社長になるという目標を定めており、この状況はそのための成長の絶好のチャンスだと考えていたからだ。

社長になるためにはシステムだけでなく、経営を含めた全てを包括的に行えるようになるのは当然だ。プロジェクトのかなり広い範囲を一人で進行させてもらえる状況は、小野にとっては願ってもない機会だったとも言える。

また、各システムの根幹を小野自身がプログラムしているため、他の人に仕事を分担させられないという事情も小野のやる気をかきたてていた。

「すみません。少しでいいですから手伝ってもらえませんか？　もう三日間も寝てなくて流石に辛いんですよ」

「そのプログラムを作ったのは小野君だろう。俺には分からないよ。すまないけどもう少し頑張ってくれないか」

さすがの跡部にすら、小野が担当するシステムの対応は出来ない。上司の跡部から頭を下げられたのだから、どんなに無茶でも自分がやらなければならないという責任感と高揚感を小野は自覚していた。

小野は三か月ぶりの帰宅を許された。丁度プロジェクトが一段落したところだったので、子供がいる小野に跡部が気を遣ってくれたのだ。妻の桂子と一歳半の息子・健友（けんゆう）との久しぶりの対面だ。小野は息子と遊び、妻との会話を楽しんだ。

翌朝、再び出勤しようとする小野を、健友は手を振りながら見送った。

「じゃあ、行ってくるからな」

「うん。おじさんまた来てね」

その時、小野の心に棘（とげ）のようなものがチクリと突き刺さった。

「ああ……。また来るよ」

小野はあまりにも家に帰らない時間が長かったため、息子に父親だと認識されていなかったのだ。最後に帰宅したのは三か月前。三か月に一度しか家に帰らない父親を、一歳半の子供が父親だと認識するのは不可能だった。

仕事最優先だったとはいえ、このころから家族との時間を大切にしなければとの思いが募った。

プロジェクトがスタートして三年後の一九九九年六月一日、小野たち社員の奮闘により、システム導入を安定させることに成功した。地獄のデスマーチからはようやく解放されることになったのだ。感動のあまり、涙する者すら現れるほど現場は歓喜の声に包まれていた。

「ありがとう。小野君がいなかったら、ここまでたどりつけなかったことは、確かだな」

柄にもなく、跡部は小野の手を力強く握った。

「こちらこそ。ここまでこられたのは跡部さんのお陰です」

小野も力強く握り返した。跡部は後にアンダーセンの重役にまで登りつめるのだが、ここまで人を褒めたのは後にも先にも小野一人だけだったという。

プロジェクトが一段落した小野は、徐々に仕事の量を減らし始めた。家族と過ごす時間を、少しでも長く取るためだった。

それでもアンダーセンに勤める以上、一般的なサラリーマンに比べると家にいる時間は遥かに短かったが、全力で家族に尽くし、人一倍の愛情を注ぎこんだつもりもある。かつて自分が父と母にしてもらったように。

第二話　ゼロからのマーケティング

1

小野健一が社長を目指そうと決意したのは一九九四（平成六）年、名古屋のＪＲ東海に出向していた時だ。上司のミスの尻(しり)ぬぐいを押し付けられ、その修正作業を必死で行ったにも拘(かかわ)らず、挽回(ばんかい)した成果を上司の手柄にされてしまったのがきっかけだった。悔しさがバネになったのである。

サラリーマンなら誰しもが感じたり、覚えがあったりする上下関係の理不尽さだった。尻ぬぐいは下っ端の宿命で、手柄は上司。残業が上司より遥かに多いのは当然だが、立場も給料も劣るのもまた然(しか)りである。それが小野には我慢できなかった。しかもその組織の仕組みを甘受しなければならない。だが社内で小野が愚痴ることなど一切無かった。

「何だ。やっとできたのか」と上司に言われた時に、『命令される立場で納得する仕事をするのは難しい。自分が社長になれば、自身の責任で納得する仕事ができるはずだ』との考えに至った。小野二十五歳の秋。人生の目標を定めた瞬間だった。

また、小野は工作機械の設計事務所を営む父・正秋の姿を幼少の頃から見続けていたからこそ、自ら経営する立場になりたいと思うようになったとも言える。

小野はこの頃から「トップになるには何が必要か」を考え始めた。

一九九九年六月、二十九歳の時に転機が訪れた。マーケティングとの出会いだ。小野はコンサルタントとして経営に携わる中で、経営の複雑さ、難しさを肌で感じていた。

そんな中で知ったのが〝ポジショニングマップ〟というマーケティングの考え方だった。これは競合他社との差別化を図り、競争優位性のある独自ポジションを導き出す際に使用される手法で、市場における各商品のポジションを縦軸と横軸からなる十字線で表現する。競合他社と自社の商品の強みと弱みを一目で確認できるのが特徴だ。

小野はこの考え方にいたく感銘した。複雑に考えられた経営が、マーケティングを通して見るとえらくシンプルに思えたのだ。

また、第一線で活躍している社長たちは、マーケティングかファイナンスの出身者が多いというのも、小野のマーケティングへの興味をそそった。

資金面から経営を考える守備的なファイナンスの考え方に対し、顧客のニーズを読み取り積極的に仕掛けを打つ攻撃的な経営を考えるのがマーケティングだ。小野の性に合うのは後者の考え方だった。

小野は日に日にマーケティングを学びたいとの思いを募らせていった。自分が社長になる為にはマーケティングの能力が必須だと考えたからだ。

しかし、当時のアンダーセンにはマーケティングの案件は無く、自主的に勉強する余裕も皆無だった。

そんな小野に好機が訪れたのは六月下旬のことだ。英語の勉強の為に購読していた英字新聞に、P&Gジャパンの募集要項を見つけたのだ。〝P&G。マーケティング職。年収四百八十万円〜〟

小野はまたと無い機会だと確信し、その日のうちに履歴書を送付した。

マネージャーに昇格していた小野の年収は、一千万円を超えていた。一方P&Gの給料は中途採用でも新卒扱いなので、年収は半分以下になってしまうが、それでも小野に迷いは無かった。社長を目指すのはお金の為ではなく、自身が納得できる環境で仕事をする為である。

「俺、転職することにしたからな」

小野はその夜、妻の桂子に転職を打ち明けた。

「急にどうしたの？　いきなり転職だなんて……」

「P&Gっていう会社でマーケティングを学びたいんだ。年収は半分になるけど、可及的速やかに今の給料に戻すから心配しなくていいよ」

「そんな急に……。勤務地はどこなの？」

「神戸（こうべ）だよ」

「また引っ越しね。しかも収入が半分になるなんて、子供もいるのに大丈夫かしら」

「長くても五年で元に戻すから。約束するよ。社長になる為には、どうしてもマーケティングを学ぶ必要があるんだ」

「…………」

しばしの沈黙の後、桂子が口を開いた。

「仕方無いわね。五年で今の給料に戻すのね」

「ありがとう」

桂子は、既に小野から社長になる夢を聞かされていた。三十歳を前にしても夢を語る夫に、胸が熱くなってもいた。

当時二歳未満の子供がいる小野家にとって、収入半減は大きな痛手だ。しかし桂子は小野の実力を確信していた。一時的に収入が減っても、家族に辛（つら）い思いをさせることにはならないはず……。

小野もまた、幼少期の経験でお金が無いことの苦労は身に染みていた。一時的には収入が減少する道を選んだが、家族に不自由な思いはさせないと心に誓っていた。

七月初旬、小野はP&Gの面接会場に向かった。面接は順調に進んだ。

本来新卒者が受ける面接に、ジャンルが違うとはいえ既に外資系企業で七年も経験がある者が応募しているというのでP＆G人事部側も注目していたのだ。

しかし、最終面接でディレクターの何気ない一言に、小野は言葉を詰まらせた。

「テレビ広告の制作に興味はありますか」

当時のマーケティング志望者はテレビ広告に興味がある人が多い故の、何気ない質問だった。しかし小野は全く想定していなかった質問に言葉を詰まらせてしまったのだ。

「ええっ。別にテレビ広告には興味はありません」

「そう……」

『まずい！　これでおしまいかも』

ここまで順調に面接を突破してきただけに、最終面接で落とされたとあっては悔やんでも悔やみきれない。小野の額に汗がにじんだ。

「最後に一つ。ウチはどんな経歴の人でも入社する時は一年生扱いなので、収入は今までの半分以下になりますが、よろしいですか」

「はい。もちろんです」

今度は即答した。すると面接官はまた意外そうな表情を浮かべた。

「面接は以上です」

「ありがとうございました」

小野の面接は終了した。

一週間後。Ｐ＆Ｇから採用通知のメールが届いた。後に最終面接をしたディレクターは「アンダーセンでの経験もあるし、新卒の給料で来てくれるのなら願ったり叶ったりだった。だから面接は関係なく通す予定だったんだ」と語ってくれた。

いずれにしても小野にとっては嬉しい合格だった。

翌日、小野は退職願を手にアンダーセンに出社した。終業後に上司の土井に話しかけた。

「急なことで申し訳ありませんが、会社を辞めようと思っています」

「えっ！　本気か？」

「はい」

「何か不満でもあるのか？」

「不満は沢山ありますけど……」

「そりゃそうだよな」

「不満というよりは、以前からマーケティングをやりたかったんです。でもここにはマーケティング案件がありませんので……」

「知り合いに研究会を開いている人がいるから、紹介しようか？」

「いえ。Ｐ＆Ｇへの転職が決まりました」

小野は退職願を提出した。

「分かった。そういうことなら仕方が無いな」

既にチームのエース格であった小野の退職は、アンダーセンにとっても大きな痛手である。しかしここまで身を粉にして会社やチームの為に尽くしてきた小野を、これ以上無理に引き留めるのは忍び無いとも土井は感じていたのだ。

「辞めるまで時間は少ないが、仕事の引き継ぎはきちんとしてもらいたいな。できる限りフォローするつもりだが、何分システム系のことはさっぱりなんだ」

「当然です。全力を尽くします」

小野はその日から辞めるまでの三か月間、引き継ぎの為に夜遅くまで働いた。今まで自分を育ててくれたアンダーセンへの、せめてもの恩返しのつもりもある。

退職当日の十月二十九日、アンダーセンでは珍しく午後六時に仕事を終えて、ささやかなお別れ会が大フロアで催された。

「小野君がいなくなるのは寂しいよ。デスマーチが続いた半年間、俺に付いてこられたのは君と原口君と村上君だけだったからな」

元上司の跡部が感謝の挨拶をした。

跡部はその後も実績を買われ、更に上のポジションにまで出世していた。相変わらずの天才肌で、会社を支えていた。

小野は福田に肩を叩かれた。

「またいつでも連絡してくれよ」

新入社員研修の時、助けてくれた福田もお別れ会に参加していた。後に福田も自分の夢を追い、アンダーセンを退職した。

「小野君。君には随分助けられた。本当に、今までありがとう」

土井は小野に、黒い小箱を手渡した。

「こちらこそお世話になりました」

中身は黒いボールペンだった。金色の文字で「KENICHI　ONO」と彫られていた。

「今まで本当にありがとうございました」

小野は深々と頭を下げ、お別れ会を締めくくった。その時貰ったボールペンは、今でも自宅の机の引き出しに大切にしまわれている。アンダーセンで戦った、血と汗と努力の結晶だ。

2

小野は十一月一日付でP&Gジャパン合同会社に入社した。当然新人と同じ平社員だ。マーケティングを学ぶ為、ゼロからの再出発だ。

小野は、出社初日に社員たちの英語力の高さに驚かされた。外資系企業に七年半勤めた小野よりも、大学を卒業してわずか七か月の新入社員の方が、遥(はる)かに高い英語力を有しているのだ。

P&Gでは日常会話、プレゼンテーション等全ての企業活動を英語で行うというルールがあった。今でこそこのルールを取り入れている外資系企業は多いのだが、当時は珍しく、小野も戸惑いの色を隠せなかった。

「申し訳ありません。これってどういう意味ですか？」

「English please」

小野は幾度となく注意された。しかし、そもそもやるべきことを把握しなければどうしようもないのは、アンダーセンの新入社員研修で身に染みて分かっていた。小野は簡単な会話は英語で話しつつも、核心となる部分は日本語で情報を聞き出し、仕事の術(すべ)を学んでいった。

一か月後には小野も少しずつ英語での会話をこなせるようになっていた。ここまで速いペースで英語力が上達したのは、P&Gの英語教育の方針に秘密があったからだ。

P&Gでは、プレゼンテーションのやり方から日常会話の言い回しまで全て決められており、全社員が同じ口調で話すのだ。

言い換え等で同じ意味の単語を複数覚える必要が無い為、使用する単語数は格段に少ない。ビジネス英語を仕事で使用する場合、通常は三千語の単語を追加で覚えなくてはならないが、P&Gではわずか六百語、五分の一で会話ができる。

『確かに効率はいいな』と小野がつぶやきながらそのことに気付くのに、三日とかからなかった。だからこそP&Gでの会話に必要な単語をすぐに覚えられたのだ。すると効果は絶大だった。不安は残るものの、一か月後には最低限の会話をこなせるレベルに達していた。

しかし、全員が金太郎飴のような会話、プレゼンを行う社員たちと接して、小野は薄気味悪さを感じざるを得なかった。

「うちの社員って皆んな同じ喋り方で、ちょっと気持ち悪いよな」

小野と同時に入った中途採用組の春日部は、居酒屋に行くといつも同じ話をしていた。

「本当に気持ち悪いよ。全く、あいつらはロボットみたいだ。小野もそう思うだろう」

同じく中途採用組の山口も同様にくだを巻いていた。他社経験のある中途採用者にとって、P&Gのやり方は理解できないものらしい。そんな中で小野は同じ中途採用ということもあり二人の話の聞き役でもあった。

「まあそこまで言わなくてもとは思うよ。ただちょっと不気味だよね」

「全くだ」

春日部がビールをぐいっと飲み干す。

「社員といえども個性が無きゃな。そうだろう」

「そうだそうだ」

山口は頻りにうなずいたが、小野はかすかに首を傾げた。

『こいつらは言い過ぎだけど、やはりちょっとおかしい……』

小野は二人ほど強い不満を持つことこそ無かったが、一人一人が強烈なキャラクターを持っていたアンダーセンとのギャップに戸惑っていた。そんな中、小野は初めて大きな仕事を任された。

〝ファブリーズ〟という布用消臭剤の、プロジェクトリーダーに任命されたのだ。

リーダーと言っても小野はまだ入社したばかりだ。基本的には上司である企画戦略担当の乙武雅彦の指示で動くことになった。

「さっそくなんだけど、ちょっと問題が発生しているんだ」

「何でしょうか？」

「二月一日に新宿の髙島屋屋外広場で、臭い対策の啓発イベントを行う予定なんだけどね」

「二月一日って、後一か月しか無いじゃないですか」

「そう。だからこのままでは準備が間に合わず、中止だろう。しかしタレントは手配しているし、中止となれば大きな赤字が発生してしまう。それを何とかしなければならないんだ。手続きの書類作成や関係者への連絡など手伝って欲しい」

「分かりました。やるだけやってみましょう」

乙武はP&Gの中でも屈指のマーケターだが、スケジュール管理は得意ではなかった。しかしこのイベントは乙武の戦略上、重要なプロモーションで、何とか〝二月一日のニオイの日〟に行いたい。猫の手も借りたい乙武にとって、小野の加入はまさに渡りに船であり、小野にとっても、このプロジェクトは大きなチャンスだった。

小野はマーケティングの知識こそ無かったが、今回より遥かに無茶苦茶なスケジュール調整をアンダーセン時代に行っていた。小野は関係各所のスケジュール調整を一手に引き受け、二月一日の開催に見事に間に合わせたのだ。

「ありがとう。まさか本当に間に合うとは思わなかった」

「指示は全て乙武さんが担当してくださったので、やりやすかったです」

「君は本当に頼もしいな」

途中からの参加にも拘(かかわ)らず見事にスケジュールを管理しきった小野の手腕に、乙武は舌を巻いた。

こうして無事イベントは開催された。

「皆さんこんにちは！　島崎和歌子です」

　小野はこの時初めて、芸能人と一緒に仕事をした。舞台裏では地味な印象だったタレントが、表に出た瞬間見た目も表情も華やかになる。小野はプロの技術に驚嘆した。

「メディアもそこそこ入ってくれたし、大成功だ」

「やりましたね、乙武さん」

　このイベントを皮切りに、乙武は次々とプロモーション戦術を打ち出した。

〝布にシュシュッとファブリーズ〟

乙武のチームが発案したこのフレーズは一世を風靡し、ファブリーズの売上げは躍進した。そんな乙武を右腕として支えていた小野の社内評価もまた然りだ。

「冗談じゃない。アイツだけ評価されてさ」

「俺たちだって前の会社じゃエースだったのに、納得いかないぜ」

　小野と共に中途入社した春日部と山口は、一年も経たないうちに会社を辞めていった。

　他社経験のある者にとって社員の均一化を図るＰ＆Ｇのやり方は違和感を覚える部分かも知れない。しかし小野には他の中途採用社員とは違い、良い所は取り入れようという素直さがあった。

　また、上司である乙武との相性が良かったのも小野の飛躍の一助になった。論理的思考を武器とする乙武と、思考力の高い小野は相性が良かったのだ。

二人の快進撃はその後二年間続いた。

〝ニオイの日〟のイベントを終えた直後、小野は乙武から一つの問いを投げかけられた。

「小野君、マーケティングとは？　と、聞かれたら何と答える？」

この質問は、当時のP&Gマーケティング本部のトレーニングとして頻繁に出てくる会話の一つである。大抵の新人は一瞬回答に窮する。簡単なようで実際に考えてみると難しい質問だ。

「そうですね。自社の商品を競合他社との差別化を明確にしながら売れるようにする為の企業活動。もしくは、企業の中心となる活動で4Pと呼ばれるProduct（製品）、Price（価格）、Place（チャネル、流通）、Promotion（販売促進）を決めていくことかと思います」

小野はとりあえず、これまで本で学んだことを思い出しながら返答するのが精いっぱいだった。

「じゃあ、セリング（Selling）とマーケティング（Marketing）の違いは何？」

「セリングは値引きなどの直接的な販促手法を用いた営業活動で、マーケティングは競合との製品上の差別化を明確にしながら宣伝していく活動でしょうか」

小野が言葉を詰まらせる。それを見越したかのようにブランドマネージャーの乙武は言葉を引き取った。

「そう。営業も製品上の差別化を無視した商談をすれば効率が悪いし、値引きを含めた価格戦略は4Pの中で明確にマーケティング活動の一つとされているよね」

「考えてみると意外と難しいですね」

「そうなんだよ。実は物事の本質をきちんと考えながら仕事している人は案外少ないんだ。これはそういった物事の本質を考えさせるとてもいい質問だから、覚えておくといいよ」

「なるほど。分かりました」

「ところで、マーケティングとは？　という質問に対してだけど、実は正解は無い」

「ええっ！」

小野は衝撃を受けた。常に正解を求めていろいろ思考を巡らせ、分析してきた小野にとって、〝正解が無い〟は意外過ぎたのだ。

「正解が無いというより、実はその人のマーケティングスタイルによってバラバラだということとなんだ。だから、さっき小野君が言ったことも正解といえる。その本質を小野君がちゃんと理解して業務を行っているんならね」

「本質ですか。では、乙武さんにとってセリングとマーケティングの違いは何ですか？」

「北風と太陽かな」

小野は身内がグラグラ揺れるような気がした。そんな小野を意に介さず乙武は続けた。

「北風と太陽は、歩いている人のコートを脱がせる競争をする物語だよね。強い風で吹き飛ばそうとした北風に対して、太陽はコートを脱ぎたくなるように暖かくしたでしょ？　マーケティングは太陽なんだよ。コートを脱ぎたくなる。商品を買いたくなる。そんな状況を作るスキルがマーケティングのスキルなんだ。だから、買ってくださいと一言も言わずに買わせることができるのがマーケティングなんだよ」

小野は大好きな経営学者であるピーター F・ドラッカーがその著書で〝マーケティングの目的は営業を無くすことである〟と書いていた意味をようやく理解した。買ってください、お店に置いてくださいと懇願するような営業活動をしなくても向こうから買いたい、置きたいと言わせることができる。それこそがマーケティングなのだ。

本を読んで理解していたつもりでも、やはり実戦でその知識やスキルを磨いている人は違うと小野は感心した。

「ちなみに、俺のマーケティングの定義はパーセプション・コントロール、すなわち知覚のコントロールなんだよ。現在の消費者の知覚を理解して、その人にどういう刺激を与えたら〝欲しい、買いたい〟という知覚に変化するのか。それをちゃんと理解してコントロールするのがマーケティングスキルだと思っている。そう考えると、マーケティングはとてもシンプルな活動なんだよね。女性を口説く時と一緒かもなぁ」

乙武は笑いながら続けた。

「実はP&GではマーケティングのフレームワークとしてはWHO（誰に）、WHAT（何を）、HOW（どのように伝えるか）の三点で考えなさい、ということ以外あまり細かいことは言っていない。もちろん、成功の確率をあげる為に必要なステップは明確になっていて、それぞれのステップに設定されている基準をクリアしないといけないんだけど、マーケティング活動の具体的な中身は各マーケターがそれぞれの成功体験から導き出した独自の考え方や手法で実践されているんだ。俺の定義はパーセプション・コントロールだが、実は他の人は全く違う考えで運営している。一度いろいろな人から聞いてみたらいいんじゃないかな」

「ありがとうございました。とても勉強になります」

仮にも外資系コンサルティング会社でマネージャーとして活動してきた自分が、全く考え方に追いつけない。しかも、いま指導を受けているブランドマネージャーは自分と同世代である。社会人として同じ年数を過ごしてきても、マーケティングというジャンル違いの世界ではここまで差があるとは……。小野は改めて転職先で勝ち抜くことの大変さを思い知らされたのだった。

その日から小野は暇さえあれば先輩や同僚たちにマーケティングの定義について聞いて回った。

大別すれば以下の二説になる。

「売れる仕組みを作ることだよ。マーケティングは仕組みなんだ。4Pを遂行していくだけでなく、社内でサポートを取り付ける為にどういう仕組みになっていたらいいのかまで考える。社内サポート無しでは市場に製品を置くこともできないからね」

「マーケティングは愛だよ、小野君。彼女を愛するようにブランドを愛したら、そのブランドにこうなって欲しいというイメージが湧いて、自ずと何をしてあげたらいいか分かるんだ」

理解不能なものもあったが、実に多様な答えが返ってきた。ただ、一つ言えるのは会社が設定したやり方をただ踏襲しているだけでなく、自分なりの考え方で責任をもって業務を遂行している。会社の仕組みが素晴らしいだけでなく、そこで育っている人も見事としか言いようがなかった。なぜ、P&Gがマーケティングのエクセレントカンパニーと言われているのか、少し分かったような気がしたことは確かだ。

プレゼンテーションの手法や口調こそ画一化されているものの、本質的にはアンダーセンと同じぐらい個性がある会社なのだ。

小野はこの日から自分なりの『マーケティングとは何か』の答えを探し始めた。同時に『何を考えてもいいんだ』という開放的な気分にもなった。大きなことができそうな気がしてならなかった。マーケティングを目指して転職して良かったと、小野は改めて思うのだった。

小野がP&Gに転職して二年後の十一月一日。乙武との協議を終えた小野はディレクターの衛藤に呼び出された。ディレクターは乙武の更に上司にあたる。

「ファブリーズの未来の商品展開を考えるプロジェクトがあるので、その日本代表に君を任命したい」

「未来の商品展開の日本代表ですか」

「ああ、そうだ。商品開発の為のアイデアを出す仕事だ。アメリカとヨーロッパから一人ずつ代表が出るのだが、世界で唯一ファブリーズの売上げが好調な日本からも代表を出すことになったんだ」

「分かりました。やってみます」

「君をフューチャー部門のブランドマネージャーに任命する。ファブリーズの未来の為に、頑張ってくれたまえ」

「ありがとうございます」

『俺もついにブランドマネージャーだ』

小野は心の中で、大きなガッツポーズをした。家族の為に一刻も早く昇進し、給料を上げなければならないと思っていたからだ。入社二年でのブランドマネージャーへの昇進は、歴代でも二番目となるスピード出世だった。

ファブリーズのフューチャー部門の仕事内容は、今後の商品展開の方向性を決めるものだった。小野はまず、布用消臭剤という限定的な用途では、シェアに限界があると提言した。

「アメリカでは一時的に話題になったが、今は厳しい状況だ。ミスター小野。どうして日本ではそんなに売上げが良いんだ？」

「乙武さんは臭いの循環と言って、臭いは部屋からカーテン、服へと循環していくという啓発を日本で行いました。そして布には臭いが残るから、ファブリーズが必要というわけです」

「なるほど。それだけ上手くいってるなら、逆にこれ以上の飛躍は難しそうだな」

「いえ、臭いの循環というプロモーションは、拡張すれば臭いが強い全ての場所にアプローチできます。例えば部屋のファブリーズ、玄関のファブリーズ、トイレのファブリーズのようにシリーズ化していくのはどうでしょう？」

「ザッツ・グレイト。素晴らしいアイデアだよ」

今でこそ当たり前となっているトイレのファブリーズやクルマのファブリーズはこ

の会議がきっかけで開発が始まった商品だ。フューチャー部門はまさに、将来の会社の売上げを担う重要な部門なのである。

しかし、会社内での評価は未来の売上げの為のフューチャー部門よりも、現在の売上げを左右するカレント部門の方が高かった。

そんな事情もあり、フューチャー部門で一定の成績を残した小野はすぐにカレント部門への異動となった。

3

「小野君。明日(あした)からはカレント部門のブランドマネージャーとして、〝プリングルズ〟の担当をやってもらう」

「分かりました」

小野はプリングルズというポテトチップスの担当に異動となった。

プリングルズはP&G日本支部の中では売上げが特に厳しい商品の一つだった。とはいえ商品のポテンシャルが無い訳ではない。かつては「ワンスユーポップ、ユーキャントストップ」というフレーズのCMで鳴らした。知名度はそれなりにあり、〝サワークリーム&オニオン〟の味も当時の消費者に受けた。

しかし、斬新さが失われた今となっては値段の高さがネックとなり、カルビー等の競合他社に大きく差をつけられていた。

そんな中、小野の上司であるディレクターの東口譲治は、営業戦略を中心に売上げを回復させようと奮闘していた。

東口は優秀だが、P&G本社のやり方を踏襲しなかった。それ故上層部に疎まれ、なかなか評価に結びつかない仕事ばかりを任されていた。

実直な性格で周りの人から慕われている東口は、新しくチームに加わった小野に営業の大切さを説いてくれた。

「いいか。マーケティング戦略と言っても、結局現場で動く営業が一番大事なんだ。だから我々は現場の声を積極的に聞いて、連携を密に取らなければならない」

複雑な事柄を論理的にまとめる乙武のやり方とは異なり、東口は物事をシンプルに考えて、営業を大切にするスタイルなので、営業部門からも大変慕われていた。

小野は営業重視の東口のやり方に感銘を覚えた。

「商談の進捗はどうですか？」

小野は東口の指示に従って、積極的に営業部門とコミュニケーションを取った。

「小野さん、今回のは評判いいよ」

「そうですか。嬉しいですねぇ」

「今度の戦略はシンプルで分かりやすいからね。お客さんにも受け入れられると思うよ」

「ありがとうございます」

「しっかり売るから、在庫切らさないでな」

「お任せください」

小野の実直な人柄と東口からの評価の高さも加わって、小野は営業部門とのコネクションを強めていった。営業を重視するマーケターは社内でも珍しかったが、小野は現場との連携の大切さを、身をもって経験していた。

そんな中、小野の部署に衝撃的なニュースが舞い込んだ。

「東口さんが退社するそうです」

知らせを受けた部下が顔面蒼白で小野のもとに報告に来た。

「まさか！　何があったんだ！」

小野は声を荒らげた。

「本社のスティーブンを怒らせてしまったらしいです。それで半ば喧嘩別れのような形で……」

「それで新しいディレクターは？」

「グレーロという本社の社員が、出向してくるそうです」

「そうか……」

本社の意向に従わない東口は、スティーブンにとって目の敵と言える存在だった。今まではぎりぎりの所で折り合いを付けてきた二人だったが、とうとうスティーブンの堪忍袋の緒が切れてしまったのだ。

『これからどうなるんだ……』

この時ばかりは小野も、不安の色を隠せなかった。

一週間後、グレーロが着任したが、働きぶりが良いとは言えなかった。

部下がプレゼンの資料チェックを願い出ると、「日本支社のことは一切分からないので、ミスター小野にチェックしてもらいなさい」

と返すだけだ。

「社内の規則で必ずディレクターに確認してもらうようになっているのですが……」

「面倒だな。とにかくまずミスター小野にチェックしてもらって。OKが出たら、私も見たことにして承認するから」

「ええっ……」

グレーロの役割は、あくまで日本支社のプリングルズチームが本社の意向に添わぬことをしないかどうかの監視役だった。ディレクターという立場にも拘（かかわ）らずほとんどの仕事を小野に押し付けた。

「小野さん。チェックお願いします」

「小野さん。販売戦略の資料ができました」

「小野さん。明日のプレゼンの資料です。チェックお願いします」

「分かった分かった。ちょっと待ってくれ」

小野は多忙を極めた。しかしそれでも、アンダーセン時代ほどではない。東山が居なくなり全ての仕事が小野のもとにやってくる状態だったが、小野は逆に成長のチャンスだと前向きに捉(とら)えた。

『グレーロが仕事をしないのなら、逆に俺が戦略を指揮できる絶好のチャンスだ』

小野は部下たちの仕事のチェックに追われながらも、プリングルズの売上げを伸ばす為の新戦略を考えていた。

「まずはパッケージを変更しよう。プリングルズが最初、日本で受けたのはカッコいいイメージと斬新さにあったことが分かっていた。それに今更うましお味をメインに戦ってもカルビーには勝てっこない。元々売れていたサワークリーム&オニオン味をメインに据えて、完全にリブランディングしてはどうだろうか」

「行けますよ小野さん。プリングルズ復活ですね」

小野が部下たちにプレゼンをしたところ、反応は上々だった。しかし翌日、グレーロに同じプレゼンをすると、途端に顔が強張(こわば)った。

「ミスター小野。悪いが本社の許可無しにそんな大胆な策は打てない」

「グレーロさんから調整して頂きたいのです。あなたの意見なら、本社の幹部も受け入れてくれると思うのですが」

「分かった。一応進言してみるよ」

しかし、グレーロは上司を説得する気などさらさら無かった。彼はあくまでスティーブンの機嫌さえ損なわなければ良いという考えなのだ。二週間後、本社からパッケージのリデザインを含め、小野の案が全て却下されたという報告書が届いた。

「そんな……。全部のアイデアが無効だなんてそれは酷いですよ。せめてパッケージデザインの変更か主力商品の変更だけでもお願いします」

小野は必死の思いでグレーロに懇願した。

「いいか。我々はあくまでも本社の下の立場にある。本社がダメだと言ったらダメだ」

「でもその本社の方針でやってきた結果がずっと赤字なんですよ」

「日本支社は営業に強いんだろう？　営業で頑張ってくれ、とのことだ」

「そんな……」

日本支社のプリングルズ部門は東口との確執もあり、元々本社から良く思われていなかった。

「どうすればいいんだ」

小野には新規の営業先を探すコネはまだなく、途方に暮れた。

一か月後。新規の卸先を開拓しようと奔走していた小野に、救いの手が差し伸べられた。

「小野さん。明治製菓との業務提携の話がまとまりました」

「ええっ！　本当か」

「はい」

「素晴らしい。本当に良くやったな」

小野は思わず報告に来た若手営業スタッフの手を力強く握った。

明治製菓との業務提携は、元々東口が進めていたプロジェクトだった。東口の在任期間中に実現は叶わなかったが、東口が辞めた後も営業スタッフたちによって交渉が進められていたのだ。

だが、東口が抜けた今となっては、実現は難しいだろうと小野は考えていた。

『ありがとう東口さん』

明治製菓との提携が決まってからの小野は、主に営業戦略を中心に売上げアップの策を練っていった。結果として売上げはジワジワと回復していくことになった。

しかし、営業戦略以外の戦略は、本社の反対で実現しないことがほとんどだった。

例えば小野は、明治製菓とのコラボでチョコレートチップスの新製品をバレンタイン・デーに売り出すアイデアを考えた。

「バレンタインのチョコレート市場は非常に大きいです。甘い物と塩味の組み合わせは定番ですし、絶対にヒットすると思います」

「ダメだ。輸送の段階で赤道を通る以上、冷却する為に輸送費がかかる。売れるかどうか分からない新製品の為にコストは割けない」

グレーロの反応は相変わらず厳しかった。

当時、プリングルズはアメリカとベルギーで製造され、日本に輸入されていた。チョコレート系の商品は輸送中冷却しなければならず、輸送費が嵩むのでリスクが高いというのが本社の判断だった。

その後。ロイズから出たポテトチップスとチョコレートを組み合わせた商品が大ヒットし、あの時実現していればとの念を抱かずにはいられなかった。

結局小野の戦略は営業戦略以外ほとんど本社に潰されてしまったが、東口から引き継いだ営業戦略が功を奏し、売上げは順調に回復していった。小野の社内評価は上昇した。

そんな中、小野に転機が訪れる。

「小野君。明日から君はパンパース部門のブランドマネージャーに栄転になる。これからは私の下で働いてもらいたい」

ある日、小野はディレクターの一人である黒田裕一郎に呼び出された。黒田は社内でも屈指の評価を誇るマーケターで、特に人に気に入られるのが上手だった。

「君の活躍はかねてから聞いていてね、期待しているよ」

「恐縮です」

小野の快進撃を見た黒田は社長を説得し、小野を自らの部署であるパンパースに引き入れることにしたのだ。

パンパースはP&Gでも一、二を争う花形部署で、担当になることはP&Gに勤めるマーケターにとって大変名誉なことだった。

小野をパンパースの部署に誘った黒田は、小野の力量を高く評価していた。

「今後基本的な方針は小野君に任せるよ。僕は調整役に回るからさ」

「ありがとうございます」

「小野君には期待しているからね。プリングルズ部門が取った社内賞だって、本当は小野君が取るべきだったんだ」

「いえ。タイミング的に黒字に転化したのは引き継ぎ後ですし、そもそも東口さんの実績が大きいですから」

小野がプリングルズの担当から異動した直後、長年赤字だったプリングルズはついに黒字化に成功した。そのことが評価され、小野が抜けた後のプリングルズチームは社内賞を貰っていたのだ。

「いやいや。僕が引き抜いたせいで賞が取れなくてすまないと思っているんだ。だからせめてこの部署では、君の仕事がやりやすいようにしたいんだ」

「部下たちと現場の営業が頑張ってくれたおかげです。ただ、私の力を見込んでお誘いくださったのは本当に光栄なことです。期待に応えられるよう頑張ります」

「ああ、期待しているよ」


当時のパンパース部門では〝スリープ〟というプロジェクトが進められていた。これは〝赤ちゃんは眠りが大切だから、眠りの質を高める為にはき心地のよいオムツのパンパースを買おう〟というメッセージを伝えることになるからだ。当時新進気鋭のPR専門家が、キャンペーンの効果は上々と折り紙を付けた。

そんな好調なパンパースを小野は更に飛躍させるべく、翌日の経営会議でさっそく次の作戦を提案した。

「現在パンパースは新生児用とSサイズでは、シェアナンバーワンを誇っています。一方大きなサイズになると品質が重要視されなくなる為、シェアは極端に低くなっています。大きいサイズではムーニーマンには勝てないと思います」

「なぜムーニーマンには勝てないのかね」

黒田が訊いた。

「やはり値段の差が大きいでしょう。まだ身体が弱く、肌が敏感な新生児向けのオムツは高級志向が強い反面、ある程度成長した後のオムツはどうしてもコストパフォーマンス重視になり、価格が安い競合他社に流れてしまうのです」

「だったらどうする？　値下げでもするのか」

「いいえ、少々の値下げではムーニーマンを始めとする競合他社製品に勝てません。ですからパンパースは更にその先、オムツはずれの時期の卒業パンツに力を入れて、上と下のシェアで挟み込むようにシェアを取りに行くべきです」

「なるほど。卒業の時期はオムツの質によってトイレ・トレーニングの成果が大きく変わる。そこで価格は高くてもオムツはずれを促進する卒業パンツを大々的に売り込むということだな」

「上と下でシェアが取れれば、売り場の面積を大きく占めることができ、パンパースが顧客の目に留まる機会が増加します。結果的にパンパースのブランドイメージが向上し、真ん中の利益もあがってくるという訳です」

小野はこの作戦を〝サンドイッチ作戦〟と名付けた。売上げ好調の〝スリープ〟のキャンペーンはそのまま継続しつつ、苦戦しているLサイズでは無理に勝負しない。仮にそこで競合他社製品に乗り換えられたとしても、更に大きくなった後のオムツはずれのタイミングで再びパンパースに戻ってきてもらう。

オムツはずれの時期もまた、品質によって効果が大きく異なる――。小野のこの作戦は上司の黒田を含め、チーム全員に絶賛された。

〝サンドイッチ作戦〟は功を奏し、〝スリープ〟の堅調とも相まってパンパースはじわりじわりと売上げを伸ばしていた。しかしそんな中で、小野をパンパースに誘った黒田が異動になってしまった。

引き継ぎの日、小野の前に現れたのは入社当初、ファブリーズを担当した時に上司だった乙武だった。

「小野君、久しぶりだね。またこれからよろしく頼むよ」

「こちらこそよろしくお願い致します」

入社四年で花形のパンパースのブランドマネージャーになった小野はスピード出世だったが、同じ年月でブランドマネージャーからディレクターに昇進した乙武もまた、会社からの評価はすこぶる高かった。社内は「伝説のファブリーズコンビの復活だ」とにわかに沸き立ち、これからのパンパースはこの二人が支えていくに違いないと誰しもが信じて疑わなかった。

乙武がパンパースのディレクターに就任して二か月が経過した。その間も売上げは伸び続けていたが、更なる飛躍の為には次の作戦が必要だと、小野は考えていた。

週に一度の経営会議の日、小野はさっそく、新たな作戦を提案した。

「今行われているサンドイッチ作戦に、流通戦略を絡めたいと思います。現在パンパースの売上げが一番高い小売店は〝トイザらス〟で、二番目が〝アカチャンホンポ〟です。この〝トイザらス〟と組んで、更にサンドイッチ作戦を強く推し進めていきたいと思うのです」

「ちょっと待って」

乙武が小野のプレゼンを制した。

「何ですか乙武さん」

「流通を強化って、その予算はどこから捻出するんだ」

「広告料を抑えれば、流通強化の予算は十分捻出できると思います」

「ふざけるな！」

静かに、しかし威厳を持った低い声で乙武は続けた。

「最も重要な広告費用を削ってまで流通強化だと。馬鹿げている。そんなやり方を俺は教えたつもりは無いが……」

「確かに広告も大事ですが、それと同じぐらい現場の営業戦略も大切です。今の予算配分は少しばかり、広告費用の割合が多過ぎると思います」

小野は東口と共にプリングルズを立て直した経験から、現場の営業、流通がいかに売上げに直結しているかということを身に染みて実感していた。しかし、乙武は自身のやり方から外れた小野の意見を受け入れようとはしなかった。

「いいか。俺は大人向けオムツのアテントで、広告賞を取っている。広告には絶対の自信があるんだ。その広告費を削れだと。冗談じゃない」

「しかしこの予算では流通はほとんど何もできません」

「何もしなくていいんだ。広告さえ良ければ商品は売れるし、商品が売れれば小売りは勝手に入荷数を増やしたがる」

「しかし……」

「いいか。このチームのディレクターは俺だ。俺の責任でやっているんだ。君がディレクターになった時は、流通でも営業でも好きにするがいい」

　普段冷静な乙武がここまで怒りを露わにするのには理由があった。乙武は自分が育てた部下として小野の実力を誰よりも買っていた。その小野が自分のやり方を否定し、自分と真逆と言ってもいい戦略を持ってきたことが我慢ならなかったのだ。

〝マーケティングは北風と太陽。自発的に買いたいと思わせられれば究極的には営業すら必要無い〟

　これが乙武の考え方であり、信念でもあった。

「小野君。君には期待していたんだが、ガッカリしたよ」

「…………」

会議室に重苦しい沈黙が流れた。

その日以降。小野は会議などで顔を合わせるたびに、乙武と喧嘩した。

「乙武さん。営業予算を減らすって、それは無いでしょう。これじゃあ普段の新規開拓すらままならなくなりますよ」

「パンパースの知名度を更に上げるには、広告の予算が必要なんだ。何故分からないんだ」

「現場の声を聞いてください。実際の営業スタッフの意見を聞けば、乙武さんの予算配分が極端過ぎることが分かると思います」

「その現場の声を何とか抑えるのが、君の仕事だろう。だから営業から人気がある君の力が必要なのだ」

「そんな……」

小野はポジション的な降格こそ無かったものの、側近から外された。

乙武は小野の部下である長谷部を右腕として仕事をまわしていった。小野の仕事は営業、流通面の担当となったが、乙武が予算をほとんど回さない以上、できることは少なかった。

小野は元々、P&Gにマーケティングを学ぶ為に入社したのである。そしてそのマーケティングの技術は、既に社内でも一目置かれるレベルに達していた。

『そろそろ潮時かな』

乙武との一件が起きて以来、小野は今の仕事にやりがいを感じなくなっていた。もう少し長く勤める予定ではあったが、そろそろ次の職場に移っても良いかな、と考え始めていた。

しかし小野は、自分の都合で神戸に転居したのに、また家族に引っ越しを強いるのは酷だとも考えていた。特に息子の健友は小学二年生。友達と別れさせるのは忍びない——。

そんな時、桂子が珍しく暗い顔をしていた。

「どうしたんだ。元気が無いな」

「実は最近、健友が担任の先生と揉めているようで、学校に行きたくないって言いだしたの」

「そうだったのか。今度健友と話してみるよ」

息子と担任の確執は深かった。小野はその話を聞き、ますます転職への意志が強まった。

第三話　ヘッドハンターの誘い

1

小野健一が転職を考え始めてから九か月の月日が流れた。その間も小野はP&Gでパンパース部門ブランドマネージャーとしての仕事をこなしていた。しかし、上司であるディレクターの乙武雅彦との冷戦状態は続いていた。

小野は営業部との橋渡し役として全力でマーケティングの仕事と向き合っているものの、営業を重視しない乙武のもとではほとんど何もできなかった。無力感に襲われるたびに、早く自分の能力を活かせる職場に移りたいとの思いが日に日に強まっていた。

そんな中、小野に一通のメールが届いた。

〝突然のメールを失礼いたします。私はエグゼクティブサーチ会社、コーン・フェリーの西岡と申します。この度小野様にご紹介したい案件がございます。関係者の方々から小野様のマーケターとしてのご活躍をお聞きしました。是非お目にかかりたく存じます。くれぐれもよろしくお願いいたします〟

「おっ。来たよ!」

小野は思わず妻の前で大声を発した。

「何が来たの？」

「ヘッドハンターからのメールだよ」

「ええっ。あなたがヘッドハンティングされるの？　凄い！」

転職の機会を窺っていた小野にとって、待望のチャンス到来だ。小野はすぐにメールに返信し、面談のアポを取り付けた。

二〇〇六（平成十八）年一月二十日午後七時に、小野が待ち合わせ場所のホテルのロビーに着くと、如何にもやり手と思える五十代くらいの男性が出迎えた。

「初めまして、コーン・フェリーの西岡と申します。小野さんのことは、各方面からお噂をお聞きしております」

濃紺のスーツ姿の西岡は、営業スマイルを向けながらも、鋭い眼で小野を観察していた。

『品定めされているな』と小野は感じながらも、柔和な笑顔で返答した。

「ありがとうございます。妙な噂ではないとよろしいのですが……」

「とんでもない。改めて今までの経歴を教えてくださいませんか」

「アンダーセン時代はシステム面からその運用戦略まで、包括的なコンサルティング業務を行っていました。P&Gではマーケティングを担当しています」

小野は簡潔に、今までの経歴を話した。

「広告以外のマーケティングの経験はございますか」

「スナック菓子のプリングルズ部門では、営業とマーケティングの連携を強化する橋渡しのような役割も担っていました。広告戦略も大事ですが、実行部隊である営業との連携も同じぐらい重要だと思っています」

「今までの経歴ですと論理的なマーケティングが得意なのではないかと思いますが、感覚的なマーケティングの経験はございますか」

小野は少し考えた後、慎重に言葉を選んで応じた。

「プリングルズは外国生まれのポテトチップスというカッコ良さやストーリー性が大きなブランドイメージなんです」

小野の強みは論理的思考力だ。しかし馬鹿正直に『感覚的なマーケティングは不得意です』などと答えると、あっという間に面接を打ち切られてしまう。

「なるほど……」

西岡は一瞬考え、すぐに話を切り出した。

「実は大手外資系アパレル会社のマーケティング部門トップのお話なのですが、ご興味はおありですか」

小野は腕組みした。

『話次第だな……』

ヘッドハンターも守秘義務がある為、具体的なことを簡単に明かすわけにはいかない。この人に是非来てもらいたいと思わせなければ、会社名も聞けずに終わってしまう。小野はそれだけは避けたかった。

「関心はありますが、私にできるかどうかは詳しい話をお聞きしないと分かりません。ラグジュアリーブランドですと経験はありません」

自分には絶対に来ないであろう〝ラグジュアリーブランド〟というワードを出して様子を窺うことにした。

「実はラグジュアリーブランドではなく、ご紹介したい案件はリーバイスというアメリカのデニム会社なんです」

「リーバイスですか。存じています」

『正直あまり関心無いな』

会社名の聞き出しに成功した小野だったが、この段階ではまだあまり興味を持てなかった。ファッションに疎い小野にとって、ファッションブランドのマーケティングでは自分の力が発揮できるか不安だと思ったからだ。

しかし一方で、会社での確執や家庭の事情もあり、早く次の転職先を見つけたいとの思いも強かった。

「具体的には、どのようなことが求められているのですか」

「ブランドを見直して、立て直すことができる人材を探しているんです。今のリーバイスはブランドがどういう方向に進んでいくべきか、少々迷いがあるようです。それをしっかりと決定できるような人材を探しているんです」

『そういうことなら、やれるかもしれない』

西岡の話を聞き、小野の胸がざわついた。

カッコいいジーンズを作ることはできなくても、ブランド自体の方向性と戦略を練ることは、小野の得意分野である。

「そういうことでしたら、私でもお役に立てると思います。是非やらせてください」

決断の速さこそ、小野の真骨頂だ。

「ありがとうございます。よろしくお願いいたします」

小野はその場で面接の日程のアポを取り、その後の面接も無事突破した。小野はついに二度目の転職を決めた。

四月中旬。小野は乙武に退職を願い出た。

「六月末でP&Gを辞めようと思います。最後までパンパースの発展に寄与できずに申し訳ありません」

「そうか……」

乙武は小野の気持ちを察し、引き留めるようなそぶりは見せなかった。毎日のように小野と衝突していた乙武だったが、表情はどこか寂しそうだった。

小野の退職願はむろん受理された。

2

七月十日。小野はリーバイ・ストラウス ジャパン株式会社（リーバイス日本支社）に中途入社した。

小野はアパレル業界への関心はさしてなかったが、『日本におけるリーバイスのブランドイメージを見直し、確立する』という挑戦に燃えていた。P&Gでの不完全燃焼もあり、今度こそという思いも強かった。

リーバイス日本支社は東京都渋谷区恵比寿四丁目の恵比寿ガーデンプレイスタワー二十二階にあった。社員は約二百人。小野が所属するマーケティング本部は十四人。

社員はデニムのパンツに上着というラフな恰好で出社するのが習わしだった。

当初、小野もそれに従ってデニムのラフな服装で出社していたのだが、どうも着こなしが様にならないのか、上司から「小野君はスーツで出社しなさい」と告げられ、自分にはファッションのセンスが無いことを、あらためて認識せざるを得なかった。

畑違いの業界から来た服装のセンスに疎い小野に対して、部下たちの反応は冷ややかなものだった。

「広告案なんだけど、ターゲット層をもう少し明確にした方がいいんじゃないかなぁ」

「いいえ。これは今年の形なんです。デザイナーチームがそう決めているんです」

小野は日用品などの消費財のマーケティングと、感性が必要とされるアパレル業界のマーケティングとの違いに懊悩した。

特に、商品開発を担当するデザイナーとの考え方の相違はちょっとやそっとのものではなかった。

デザイナー部門トップの杉内和彦に声をかけた。

「新商品のマーケティングプランを組みたいのですが、詳細について教えていただけませんか」

「シルエットや形ではもうやりつくしたと思っているから、今度はカラーで攻めたいと思ってるんだよね」

「えっ！　ターゲットはどのあたりですか」

「お洒落な人かな。カラーデニムが店頭に十五種類ぐらいあったら面白いだろう」

小野は余りにも広すぎるターゲット設定に困惑を覚えた。また、本当にお洒落な人がカラーバリエーションを求めているかという点も、小野には判断がつかなかった。

「十五種類もあったら在庫リスクがありますけど、大丈夫ですか」

小野はファッションの知識は無いが、自身の経験から危険だと察知しての質問だった。

「在庫リスクなんて言ってたら、面白いことはできないよ。今モード系の雑誌とかコレクションを見てごらん。カラーが注目されているからね」

小野はビジネス的視点を基に話を進めたかった。だが、デザイナーという職種の人たちは、自分の感性が求めるものを商品として創り上げていくのだ。流行を常に把握し、それを理屈ではなく自らの感性によって具現化するのが彼らの手法らしい。

「まあ小野ちゃんには分からないと思うけどなぁ」

「…………」

小野は言葉が出なかった。

P&Gでは〝コンシューマー・イズ・ボス〟の考え方を基に、消費者が求めていることは何かという観点からマーケティングが始まる。しかしながら、アパレルブランドの場合は、自分たちがどういう商品を顧客に届けたいかという感性が出発点なのだ。まずはデザイナーと感性をすり合わせることが大事だということを認識させられた。

ファッションセンスの無い小野にはそもそも発言の機会も与えられなかった。このままではまずいと思いファッション雑誌を買いあさり、自腹で服を買うなどして必死に勉強した。だが、今まで仕事一筋。学生時代にさかのぼっても野球一筋だった小野にとって、ファッションというものは一筋縄ではいかないものだった。

「新しいデニムのパンツを買ったんだけど、どうかなぁ」

「あら、貴方(あなた)また服を買ったの？」

小野は新しい服を買っては妻の桂子に真っ先に見せ、感想を聞くようにしていた。

「うーん。そうねぇ。前のズボンよりは、こっちの方が似合っていると思うわ」

「ありがとう。じゃあ会社にはこれを穿(は)いていくよ」

かなりの数を買ったため、洋服代は家計を圧迫した。小野自身の収入は多い方だが、息子の中学受験も重なり、家計は決して楽ではなかった。しかし桂子は一つも不満を漏らさず、自分の服や化粧品などを買うお金を節約して家計をやり繰りした。

小野のファッションは当初、周囲に苦笑いされるレベルだったが、徐々にファッションの知識を吸収していった。また、アートや音楽などの勉強もした。自分には芸術的な素養が全く足りないと考えたからだ。

一か月ほど経過した頃から、少しずつではあるが周囲の反応が変わってきた。

「小野ちゃん。そのベストはやめた方がいいんじゃないの」

「その帽子似合ってるね」

「そのベルトは安っぽいからやめてください」

「小野ちゃんもジーンズの着こなしが様になってきたね。似合っているよ」

周囲からの反応が、苦笑いからアドバイスに変わっていたのである。

上司やデザイナーのみならず、部下たちからも厳しい意見を言われたが、遠慮せずに言ってくれることが逆に嬉しくてならなかった。最初は外様だった小野が、チームの一員として認められるようになってきたのだ。

いつしか部下たちだけでなくデザイナーたちも、小野の意見を受け入れてくれるようになり、少しずつ商品開発への要望を通せるようになった。

「杉内さん。春に向けての新製品に薄めの色のデニムをバリエーションに加えてみるのはどうですか」

「おぅ。小野ちゃん分かってきたね。作りすぎて在庫が増えると良くないから、とりあえず三種類にしておくよ」

「ありがとうございます」

マーケティング本部とデザイナーが所属する商品開発本部との関係性も良好になった。また、小野はこれまでのマーケティング経験を基に、現場の営業との連携も強化していった。

「このモデルは六十年代に人気だったデザインのリメイク版のようなものです。ですから営業では、このデザインがいかに現代においても高く評価され、消費者に求められているかという点を重点的に紹介してください」

「なるほどなぁ。デザイナーたちに質問すると、コンセプトなどの解説が長くなるんだよね。小野さんはポイントを絞って簡潔に話してくれるから助かるよ」

営業本部長の山本（やまもと）が言ってくれた。

「ありがとうございます。でも、デザイナーたちは細部まで気持ちを込めて作っているので、話が長くなるのも分かってあげてください」

「彼らの思いや情熱は、もちろん分かっているよ。だから小野さんがこうやって間に入ってくれるのはありがたい。さっそく営業のプランを練るよ」

「よろしくお願いします」

デザイナーの考える製品コンセプトを深く理解して作成された資料は分かりやすいと、営業現場からも好評だった。

いつしか小野は、作り手のデザイナーと一緒になって販売方法を考えるマーケターとして、またデザイン部門と営業部門とを繋（つな）ぐ橋渡し役として、社内でも欠かせない存在になっていった。

特にデザイナーは、自身の持つ拘（こだわ）りを全て理解してくれる小野のことを全面的に信頼した。小野には拘りが無い分、ぶつかること無くデザイナーのコンセプトを受け入れるので、その点が好評だったのだろう。

また、小野は商品にまつわるストーリーのみを作成し、具体的な形にするのはマーケティングチームに任せていた。自身にはクリエイターとしての才能が無いと判断した故の作戦だったが、これがかえってマーケティングチームのモチベーションを向上させた。

部署ごとの連携が取れない企業は多い。そんな中、小野という潤滑油を手に入れたリーバイスは少しずつ調子を上向かせていき、二〇〇六年度の決算において、小野らが重点的にマーケティングに力を入れたラインは前年比一二〇％の売上げを達成した。二〇〇七年度も同様に力を入れたラインの売上げは伸びていった。小野は自分たちのプランに手ごたえを感じていた。このままいけば、かつてのリーバイスブランドの復活も夢ではないとの思いで、小野らマーケティングチームは燃えていた。

しかし、二〇〇八年一月十日。リーバイス日本支社を揺るがす大事件が発生した。

「大変なことになったわ。今朝アジアパシフィック（アジア）本部の社長からメールがあって、今後のマーケティング戦略がアジア全体で統一されることになるらしいの」

小野の上司でブランド事業本部長のビビ・チョアが小走りで知らせに来た。

ビビはフィリピン系アメリカ人で、年齢は三十五歳。小柄で可愛らしい面立ちだ。ボーイッシュできびきびと立ち働く姿が印象的だ。

普段明るい彼女が悲愴な表情をするのは珍しい。

「えっ。アジアで統一ですか。唐突過ぎませんか」
急な話に小野も驚いたが、すぐに状況を理解した。マーケティング戦略をアジアで統一するということは、日本支社が独自の販売戦略を取ることができないことを意味した。

「私も今朝のメールで初めて知ったの。ようやく戦略が整い、歯車がうまく回りだしたタイミングなのに……」

「なんとか、覆せませんかねぇ」

「無理だと思うわ。今まで日本支社が独自に戦略の方向性を決定できたのは、アジア本部が日本に対しては、自由にコンセプトを決定しても良いと認めていたからなの。アジア本部の決定に逆らうことはできないわね」

「そうですか」
アジアでのビジネスを統括するリーバイス・アジアパシフィック社長直々の通達により、今後のマーケティングコンセプトは全てアジア本部主導で決定されることになるのだ。

「これからの日本支社は、アジア本部の実行部隊のような位置づけになります。組織編成や業務内容にも、大幅な変更が加わるでしょうね」
ビビは厳しい表情で言った。

「マーケティングのトップは私のような戦略家ではなく、アジア本部の販売戦略に基づいて実行ができる人、つまりクリエイティブに強いマーケターが適任ということになりますね」

小野はこれからの日本支社に、戦略家である自分の居場所は無いと悟った。だったら会社の為にも自分はいない方がいい、とまで考えた。

小野は給与や地位、安定性よりも自分が納得して仕事ができる環境を重視する。必要とされていない中で良いポジションに居座り、高給を得るというのは、小野には堪え難いことだった。

「そうねぇ。こうなった以上、そうなるわね」

一年半共に働き、小野の性格を良く理解しているビビは残念そうに応えた。

「ただ、いくらアジア本部の方針に従うと言っても、マーケティングの総責任者は誰にでも務まるポジションじゃないでしょう。辞めるのは後任を見つけてからにしてくれると嬉しいわ」

「もちろん、すぐに辞める訳ではありません。ちゃんと後任を見つけてからにします」

「ありがとう小野君。この会社には、まだ貴方の力が必要だわ」

終始声を落としていたビビだったが、小野がすぐに退職しないと分かり、ようやく笑顔を見せた。

3

この日から小野の後継者探しが始まった。とは言え、そのポストは日本支社のマーケティング部門のトップなので、そう簡単に代わりが見つかるものではない。

小野は引き続き潤滑油としての役割をこなしながらも、やれることが極端に制限された仕事にやるせなさを感じながら働き続けた。

そんな中、六月十四日に状況が動いた。

「小野君。これから三人の方が面接に来ますので、対応してくださいね」

ビビが伝えた。

「承知しました」

「ここのところ元気が無いように見えるけど、大丈夫？　疲れているなら、休みを取ってもいいのよ」

「いいえ、大丈夫です。以前働いていたアンダーセンやP&Gの頃に比べたら休養は取れていますので」

「そう……。無理だけはしちゃダメよ」

『そんなに疲れているように見えたのかな』

いつアジア本部にひっくり返されるか分からない中で行う業務は、労働時間こそ短いものの、精神的疲労を蓄積させていた。

二人目の面接を終えた小野は、伸びをしてから部下の松下（まつした）に声をかけた。

「次が最後だなぁ。今の人はどう思った？」

「マーケターとしての実績は十分ですが、クリエイターという点では、難しいですね」

小野は自身のクリエイターとしてのセンスに不安があったので、面接はデザイナー経験がある松下と一緒に行い、松下の意見を積極的に聞くようにしていた。

「俺も他人のことを言えた義理ではないけど、アパレルって感じではないからな。マーケターとしてのポテンシャルがあり、クリエイティブに関する感性に優れ、さらにリーダーとして部下をまとめる力もあるような人材なんて、改めて考えると、物凄（ものすご）く難しいことを要求しているよなぁ」

「そうですよねぇ」

小野の後継者探しは難航していた。すでに十人以上を面接したが、なかなか適任者が見つからない。そんな時だった。

「次の方どうぞ」

「失礼します」

長身の男が部屋に入ってきた。後に小野の相棒となる男との、最初の出会いだった。

「中谷慎太郎と申します。よろしくお願いいたします」

ややこもり気味だが低めの声で、中谷は挨拶した。

「どうぞ、お掛けください」

「失礼します」

「中谷さん。早速ですが、志望動機を聞かせてください」

「私は昔からリーバイスというブランドに強い憧れを持っていました。ジーンズの原点でありながら、常に革新的な提案をしているところに惹かれています」

「なるほど……」

「世の中の消費者はリーバイスの本当の価値をまだ知らないと思います。それを伝える仕事がしたいと思って応募しました」

中谷のリーバイスへの情熱溢れる話に、小野は惹かれた。小野自身はリーバイスというブランドに対して強い拘りを持って入社したわけではない。自分なんかよりよほどリーバイスのマーケティングリーダーにふさわしい男だ、と小野は感じ入った。

自分たちが探している〝クリエイティブの感性を持った後任〟として申し分無いと思った小野は、その日のうちに中谷をビビに推薦した。

ビビは小野の判断力を信頼していたので、中谷の採用はすぐに決まった。

九月一日。中谷慎太郎はシニアマーケティングマネージャーとしてリーバイ・スト

ラウス ジャパンに入社した。

中谷はクリエイターとしては抜群のセンスを持つが、ビジネスの知識にやや不安があった。自分なりの感覚は持っていたが、論理的なプランの積み上げには改善の余地があったのだ。

そんな中谷に、小野は熱心にマーケティング戦略の考え方と論理的な計画の立て方を指導した。

「目標を立てる時に大事なことの一つは、市場をどう分析するかという点だ。これは主要ジーンズメーカーの過去五年間の売上げデータなんだ。これを見て、どう思う？」

「リーバイスの売上げが落ちているということは分かりますが、原因までは分からないですね」

「もちろん確実にこれだという理由を突き止めることは難しい。しかし業界知識を持った上で、自社と他社の売上げデータを比較すると見えてくるものがあるんだよ」

「はい。これらのデータを見ると、エドウインが伸びてきていますね」

「そこがポイントだ。エドウインは価格帯がリーバイスより安く、それでいて最近はデザインをリーバイスに寄せてきている」

「私はデザイン性については、リーバイスの方が遥かに優れていると思います」

「そう。リーバイスの方が高級感やデザイン性に優れているからこそ、エドウインは真似してきているというわけだ。そしてこのデータからはおおよそ五%の消費者が、似たようなデザインならリーバイスより安く手に入るエドウィンを買う、と考えているとの仮説が成り立つんだ」

「私は価格差を考えても、リーバイスの方が良い商品を提供していると思います」

「それをいかにして消費者にアピールするかがマーケターの腕の見せ所だな。消費者は必ずしもプロじゃないから、分かりやすくリーバイスの〝王道感〟、品質を伝える必要があるんだ」

「良い物を創ればそれだけで売れる、というわけではないんですね」

「良いものを創っても良さを知ってもらうことは難しいからね。これから具体的な手法について話したいんだけど、この後時間あるかなぁ」

「はい。大丈夫です」

中谷は小野の指導の下、順調にマーケティングスキルを伸ばしていった。そんな中、十一月十七日、事件が起こった。

アメリカ本社から売上げに対するプレッシャーを受けたアジア本部の社長が、日本支社に大規模な値下げ戦略を指示したのだ。

これはあくまでも品質の良さで勝負してきた日本におけるリーバイスのマーケティング戦略とは相反するもので、小野は危機感を覚えた。短期的には売上げを伸ばせるかもしれないが、長期的にはリーバイスのブランドイメージの崩壊を招くことになり、競合他社との差別化も難しくなるだろう。

「こんな安っぽい売り方をするなんて、リーバイスファンにしたらあり得ないことだ」

日本支社の社員たちはこの施策に猛反対した。特にリーバイスブランドへの愛着が強い中谷たちにとっては、堪えられないことだった。

「値下げ戦略を実行したら、安っぽいイメージが付き、いずれエドウィンなどの競合他社に売上げを奪われるのが落ちだろう。なんとかしなければ……」

基本的に日本支社はアジア本部の決定には逆らえない立場だが、この戦略案が通ってしまえば日本支社そのものが危うくなる。そう感じた小野は、アジア本部との戦略会議で直談判(じかだんぱん)をすることに決めた。

「いいか。この会議には中谷も同席することになっているが、絶対に口を出すなよ。君はリーバイス日本支社の未来のエースだからな。アジア本部の心証を害する必要は無い。俺は君を育てたら辞める予定だから、即刻クビになってもいいんだ」

事実、小野は即刻クビも覚悟で会議に臨んだ。

中谷は小野の覚悟の強さに、仕事人としての誇りを感じていた。

「分かりました。お願いします」

中谷は深々と頭を下げた。

4

同年十二月一日。アジア本部との会議が行われる三時間前、小野と中谷は神妙な面持ちのビビから個室に来るように言われた。

「昨日、アジア本部から通達があって、日本を含む全アジアのデザイナーを香港に集約して、今後のデザインはすべてアジア本部で統一するらしいわ」

「日本もアジアと全く同じになるんですか。それぞれ価格も異なりますし、何よりも使用しているファブリックや縫製の品質も日本と他のアジアとでは異なります。どちらに合わせるんでしょうか?」

「おそらく、アジアの方ね。売上げ的にはアジア全体では伸びているけど、日本だけが停滞しているのを考えるとそれが自然ですからね」

「まずいですね。日本のリーバイスファンは納得しないでしょう」

「そうね。おそらく今日議論する予定になっているディスカウント戦略もこの流れの一環だと思うの。品質と価格をアジアに合わせて、日本での価格競争力を高めようとしているのかもしれない」

「確かにまずいことになりますね」

「しかも、香港に集約することによって、デザイナーの人数を半分にするらしいの。おそらく日本のデザイナーも相当減らされることになると思うわ」

「なんですって！」

中谷がつい声を荒らげた。

中谷には、アジア本部のデザイナーの感性では日本製品の品質を守れるとは思えなかったのだ。

「質の低下は避けられませんね。なんとか止められないんでしょうか」

「デザイナーの人事はあなたたちの権限ではないので私に任せて。あなたたちは今日の会議をどう乗り切るかに集中してください」

「わかりました」

そうは言ったものの、ディスカウント戦略を止めるのも簡単ではないことは小野には十分わかっていた。

アジア本部との会議が始まった。

「今後、アジアの全デザイナーを香港に集約します。これにより、リーバイスのアジアでのブランドイメージを統一して、製品やプロモーションでのシナジーを最大化できることになります。日本にとっても今の停滞期から脱却する大きな戦略の柱になるでしょう」

緊迫した会議室。冒頭口火を切ったのは、アジア本部副社長のタガートだった。彼はオーストラリア出身で、やせ型だが一八〇センチを超える小野に負けない体軀の持ち主だ。やや老けて見えるものの四十五歳と若く、アメリカ本社からの信用も厚かった。

「デザイナーの件は先ほどビビから聞きました。アジア全体でブランドのシナジーを高めるという考え方は素晴らしいと思いますが、現在、日本と他のアジアの国々とでは価格戦略や商品仕様が異なっていると理解しています。そのあたりの調整はどのようにされるのでしょうか」

答えはわかっていたが、小野は形式的に確認してみた。

「その違いが現在の日本のパフォーマンスに表れているのではないのかねぇ。シンガポールと比較しても日本の成長率は、ゼロがひとつ足りないからね」

タガートはファイナンス畑出身らしく、数字がすべてという感じだが、彼特有のユーモアのつもりなのか嫌みなのか、素直には聞けない物言いが言葉の端々にあらわれ、小野には癇に障った。

「デザイナーの人事権は君たちには無いだろう。わざわざ報告する必要は無いと、こちらで判断したまでだ。決定された方針の中で如何に業績を最大化するか、それを考えるのが君たちの仕事だ」

アジア本部社長のデイヴが冷たく言い放った。

デイヴは身長が低く小太りで、タガートに比べて迫力が無い。しかしマーケターとしては百戦錬磨の猛者で、アパレル業界では珍しく理詰めで物事を判断するタイプだった。小野は直接会うのは初めてだったが、その立ち居振る舞い、態度から説得が難しいことを悟った。

「しかし、これまで日本の消費者に合わせてきたデザインや品質をアジアで統一するとなると、現実的には品質の担保が日本では難しくなります。今の日本のリーバイスファンを裏切ることになるかもしれませんが、そこのところはどのようにお考えですか」

小野は自身のこの言葉が彼らの胸に響かないのはある程度想定していた。全世界のリーバイスの中でも、高級路線でのブランディングが成功している国は、実は日本だけなのである。アメリカでもリーバイスは日常的なブランドとして消費されているので、この日本市場の感覚はグローバルのマネジメントチームには理解され難かった。

タガートは無言で小野を睨みつけた。支社の社員如きが何を言うか、と言わんばかりだ。

「その路線での限界が来ているからこそ、方針を変えろと言っているんだ」

デイヴは意に介さず、淡々と言い返した。小太りで一見ユーモラスな印象だが、その実真逆の人間性である。

「既に他のアジア諸国ではデザイナーの多くがカットされ、一部が香港に集められている。アジア全体で一括してデザインすればコストは大幅にカットできる。つまり品質を下げることなく値下げができ、売上げの増加に繋がるということだ」

そう言うとデイヴはプロジェクターで資料を映した。

「他のアジアの地域では、実際にデザイナーの香港集約効果もあり、大幅なコスト削減に成功した。それを原資に実施した五〇％値引きのプロモーションが大成功し、アジア各国では大幅な売上げ増を記録している。シンガポールでは前週比五〇％増、香港でも三〇％増だ。そんな中、日本支社は微増もしくは、横ばいだ。アメリカ本社からも日本をどうにかしろと強く言われている」

デイヴは自身の案に絶対的な自信をもっていたのだ。成功事例のデータもそろっていた。

しかし、日本の戦略にそのまま当てはめるのは危険だと、小野は考えていた。日本ではリーバイスのひとつ下の価格帯にエドウイン、更に安い価格帯には絶対王者となりつつあるユニクロがある。コストカットによる値下げ戦略とはつまるところ、それらとの真っ向からのぶつかり合いだ。果たしてそこはリーバイスに勝ち目のある土俵なのだろうか。小野の結論は、『安売り路線ではリーバイスに勝ち目は無い』である。

理論家であるディヴを説得するのは難しい。

「お言葉ですが……」

小野は静かに語り始めた。

「確かに短期的には売上げの増加が見込めるかもしれません。しかし、日本におけるリーバイスはジーンズの祖として、王道ブランドのマーケティングを長年貫き、ファンもそれを求めています。急に安売り路線に舵を切ればファンの求心力を失い、長期的には日本という巨大な市場を失うリスクすらあると思います」

「安く良い商品が手に入れば、顧客は喜ぶ。求心力を失うとは思えんな」

ディヴは冷たく言い放った。

「その王道路線で売上げが伸びないから、値下げを提案しているんだけどねぇ」

タガートは嫌みったらしくディヴに同意した。

「そもそも日本ではユニクロをはじめ、安い国産ブランドの競合が存在します。質を落としての値引き勝負となった場合、彼らに一日の長があることは言うまでもないでしょう」

支社の人間の分際で、アジア本部の意向に逆らうのか。いかにもそう言いたげな目線が、小野に突き刺さる。

会議室には六人居たが、発言しているのは小野とディヴがほとんどで、他にはタガートがデイヴにうなずきながら同意するぐらいだった。重苦しい雰囲気に押しつぶされそうになり、中谷は胃がキュッと締まりそうになる。

「更に、値段を下げれば業績が伸びるというのも絶対的ではありません。値段を下げた上で利益を上げるには、下げた価格を補塡するだけの顧客数の増加が必要です。エドウイン、そしてユニクロが形成している価格帯市場で相応の顧客層の獲得ができるほどの値下げが可能なのか疑問です。ユニクロはリーバイスと同じ岡山の縫製所に委託してデニムを製造していますが、小売価格一本二千円前後で販売しています。現在のリーバイス501の小売価格は通常一万五千円。中途半端な安売りでは得るものが少ないだけでなく、せっかくリーバイスが獲得している高価格帯市場での顧客層を失うリスクもあります。成熟市場の日本では、ヴィンテージをはじめとした歴史に裏打ちされた価値をもったリーバイスだからこそ、顧客には単なる製品仕様以上の価値を認めて頂いているのです。それらの違いを考慮せず、アジア全体のマーケット戦略を一律で決めてしまうのはあまりに乱暴です」

小野は日本支社を守るため、必死に訴え続けた。

「私はデータを基に話をしている。君の話は全て憶測だろう？」

デイヴの返答を受け、小野は予め用意した紙の資料を配った。訝しげな顔をしながらも、デイヴらはそれに目を落とした。

「これは過去五年間の日本におけるジーンズ市場のブランド別売上げ推移と、その背景についてのデータです。ご覧の通り、日本におけるリーバイスはより安いブランドにデザインを真似され、後を追われる立場です。そんな中で考えられる戦略は二つと考えています。一つは競合の優位性を消すために同じ価格で勝負すること、もう一つは競合が真似できないブランド価値を高めて価格競争に終止符を打つことです。私は、特にユニクロの存在を考えた場合、仮に今エドウインと同価格にしたとしてもブランド価値を高めていかなければ将来的にはユニクロに総取りされるだけだと思います。ですから、ユニクロと同価格を実現できない限りは、競合が追随できないブランド価値をもう一度作り上げるべきなのです」

リーバイスがアジアでの生産性を高めたところで、ユニクロの価格帯を実現することは不可能であった。ユニクロは価格を最初から落とす代わりに、売上げを伸ばしてスケールメリットを活かす戦略に妥協が無く、その意味では価格と売上げ拡大スピードに対する覚悟がまるで違っていた。また生産性をあげるためにラインも定番と呼ばれる売れ筋のみに絞り込む徹底ぶりで、そのビジネスモデルは従来のアパレルのそれとは大きく異なっていた。ユニクロと同価格にできるかを問われたら、デイヴも答えることはできなかった。

「香港にアジア中のデザイナーを集める計画は決定事項だ。覆ることはない」

小野の必死の訴えもむなしく、ディヴは冷たく言い放った。しかしここで引く訳にはいかない。

「確かにデザイナーに関しては今から覆すのは難しいかもしれません」

自分たちに一言の相談も無く計画を進めたディヴらを苦々しく思いながらも、小野はあくまでも冷静に続けた。

「しかし、香港でデザインされた新商品の売り方については、まだ変更できます。リーバイスはあくまでも王道路線です。ブランドの価値を追求すべきです。少なくとも大幅な値下げ戦略だけは止めなければなりません」

小野はここまで冷静に話をしていたが、最後は思わず声が大きくなってしまった。

会議場は沈黙に包まれ、その後も平行線のまま、大して話が進まず会議は終了した。勝利とは決して言えないが、最低限言うべきことは言えたと思うことにした。

会議終了後、小野と中谷は喫茶店で反省会を行った。中谷の行きつけの店で、如何にもクリエイター気質の彼らしい、洒落た喫茶店だった。

「最悪でしたね、あいつらは」

「よくこらえたな」

「本当に最悪ですよ。全てのデザインを香港でやることを勝手に決めるなんて」

「全くだ。しかし値下げ戦略については、もしかしたら見直してくれるかもしれないな」

「どうでしょうね」

「とにかく、リーバイスのブランドイメージを守るための最後の一線だからな。これからも俺は辞めるギリギリまでブランドイメージを守る為に戦うよ。だが辞めた後は中谷がリーバイスというブランドを守ることになるんだ。だから今はなるべく大人しくしてくれ。ディヴたちとの間に波風を立てるのは俺だけにしたい」

「そうですね」

「とにかく、俺がいる間はあいつらの意向に逆らう時は俺が矢面に立つからな」

「ありがとうございます。小野さんってやっぱり凄いですね。頼もしいです」

「俺は別に正しいと思ったことをやっているだけさ」

小野の正義感は学生時代から変わっていない。しかしそれを大人になっても貫ける人間は、そう多くはないだろう。

「小野さんが安心して後を任せられるように、これからより一層頑張らなくてはと身が引き締まる思いです」

小野は上司には疎まれがちだが、部下には信頼されることが多い。しかしその中でも中谷の小野へのそれは厚かった。

「そうだな。マーケターとしては、もう少し教えなきゃならないことがあるから、それを教えきる前に、クビにならないようにしないとな」

小野は笑いながらコーヒーを飲んだ。

後に中谷は自ら起業して会社を立ち上げるのだが、その際他社で働いている小野を社外取締役として引き入れ、アドバイスを乞うのである。

5

その後も本社との冷戦状態は続いたが、なんとか大幅な値下げによるブランドイメージの毀損だけは避け続けた。

代わりに、日本のマーケティングチームはリーバイスのブランド価値を今一度高めようと、基幹ブランドである〝501〟をフィーチャーしたグローバルキャンペーンを展開した。キャンペーン名は〝リヴ・アンボタンド（Live Unbuttoned）――ボタンを外して生きろ！〟

ファスナーではなくボタンフライである〝501〟の特徴を〝常識に縛られるな、自分らしく生きろ〟というライフスタイルと共に打ち出した。ジーンズの元祖であり、リーバイスの雄であることを再認識させるキャンペーンだ。

人気アイドルの木村拓哉氏を起用したこのキャンペーンは、〝501〟の売上げを前年比一三〇%に伸長させた。

そして中谷のマーケターとしての成長を見届けた小野は、二〇〇九（平成二十一）年十二月三十一日付で惜しまれつつも退職することになった。

最後の出社日。小野は日本支社の一人一人に挨拶(あいさつ)するために各部署を回った。最後に残ったのが直属の上司であるビビと、中谷だった。

「丁寧なご指導を本当にありがとうございました。小野さんが居なくなっても、絶対にリーバイスのブランドイメージは死守してみせます」

「大変だと思うけど、頑張ってくれ。教えられることは全て教えたから、きっと大丈夫だよ」

デイヴらアジア本部による、値下げ圧力は続いていたが、中谷の本当の戦いはここから始まるのだ。リーバイスのブランドイメージを死守するために。

「貴方(あなた)はタイムの表紙を飾れる男よ。寂しいけど、こんな所で燻(くすぶ)らせる訳にはいかないわね」

「タイムですか」

小野は自分には似つかわしくないなと、思わず笑みをこぼした。

「冗談じゃなく本当よ。それに小野君、入社した時よりカッコ良くなったわよ」

「えっ、本当ですか」

「最初はどうなるかと思ったけど。ようやくファッションが分かってきたみたいね」

「あの頃の私は少し背伸びしていたように思います」

当時小野はファッション雑誌などで服装の勉強をしたが、雑誌に載っているようなモデルと小野では似合う服が全く異なる。

一人一人、ファッションの正解は異なるということを、小野はこの仕事を通して学んだ。他人から「ダサい」と思われたとしても、自分の好きな服を着てもいいんだと思うようになっていた。ファッションは自己表現で、他者からの評価を気にすることはない。本来どんな服を着るかは自由なのだ。

「ここでは本当に多くのことを学ばせてもらいました。ありがとうございました」

小野はビビに頭を下げ、リーバイスを後にした。

かつては酷評されたファッションセンスもだいぶ良くなったと思える。今や同世代の中ではお洒落な方と言えるレベルに成長した。

しかし、未だに時折洒落たデザインの帽子を買い、妻に「似合わない」と不満を漏らされることがある。

他者評価はともかく、小野はそういうファッションが好きなのだ。それも含めて小野健一という人間の自己表現なのだと、思っている。

小野のリーバイスでの挑戦は終わったが、その後のリーバイスについて記しておく。

小野の退職後、ジーンズ業界に大きな変化が生じた。ユニクロの大躍進だ。

ユニクロは大量生産によりコストを著しく抑えていることが特長なのだが、品質も良く、若者を中心に人気を博した。もともと生地はリーバイスと同じ岡山の仕入れ先から購入して製造しているため、デニム自体の品質は遜色ない。

加えて、企業努力によりユニクロの弱点であったデザイン性に改善が見られた点も大きかった。

更にユニクロのあとに続くように、ZARA、H&M、フォーエバー21などのデザイン性が良くてリーズナブルな価格のファストファッションが台頭した。

それらの要因が重なった結果、最大の競争相手だったエドウインは二〇一三年十一月二十六日事業再生ADR（裁判外紛争解決手続）申請に追い込まれた。

そんな中、小野の後任の中谷らがブランドイメージを守るため奮闘した。しかし、香港でデザインされた商品はデザイン面の評判が悪く、リーバイスも一時売上げを落とすことになった。

中谷は香港のみならず、アメリカ本社にも幾度か出向いて交渉し、デザイン性の改善に努めた。

そしてついに、日本支社に救いの手が差し伸べられた。アメリカ本社が介入することになり、アメリカ主導で大幅なデザインの見直しが行われることになったのだ。

中谷の働きかけが、アメリカ本社の協力を引き寄せたのだ。アジアでは強権を持っていたデイヴらも、アメリカ本社の意向には逆らえないのは言うまでもない。

エドウインが経営破綻をする中、リーバイスがなんとか踏みとどまれたのは、中谷の交渉力によるものと言っても過言ではない。

王道を往くブランド戦略を小野が守り、それを中谷が受け継いだからこそ、厳しいファストファッションの猛攻に耐えることができたのである。

中谷は小野の退社後、度々デイヴらアジア本部の人たちとぶつかり、時に声を荒らげることもあった。その奮闘ぶりはかつての小野を想起させたという。

さて、リーバイスでの挑戦を終えた小野だが、この後小野は人生最大のチャレンジに臨むことになる。

話は二〇〇九年の八月にさかのぼる。

小野は自身の後任として中谷の採用を決めた段階で、次の職場探しを始めていた。

九月二日。社長を目指していた小野にとって垂涎もののオファーがあった。ヘッドハンターが来訪したのである。

「実はとある企業の社長が定年退職を二年後に控えて、現在後継者を探しています。

小野さんの経歴をご覧になって是非一度お会いしたいとのことですが、いかがでしょうか」

〝社長〟、小野が目指してきた目標への挑戦だ。ヘッドハンターは一切の詳細を語っていなかったが、小野の意思は決まっていた。

「なるほど……。どのような会社でしょうか」

ヘッドハンターに隙を見せる訳にはいかないので、小野は逸る気持ちを抑えつつ、冷静に返答した。

「モルソン・クアーズ・ジャパンという主に酒類の輸入、卸販売をしている会社です」

「分かりました。是非面接を受けさせてください。いつがよろしいでしょうか」

即答した。表面上は冷静沈着を装っていたが、小野の手には興奮と緊張で汗が滲んでいた。

「社長直々の面接となりますので、早くて九月十三日になりますが、よろしいでしょうか」

「はい。結構です。よろしくお願いいたします」

小野はヘッドハンターの手をぐっと力強く握った。

『ついに俺、社長になれるかも』

その日の夜、小野は家族にヘッドハンターから、社長の後任候補の話が来たことを打ち明けた。

「本当！　やったじゃない」

小野は自分の夢を応援し続けてくれた妻に真っ先に報告した。

「ええっ。お父さんが社長？　凄いよ凄いよ」

息子の健友も目を丸くして驚いていた。小学生の彼にとって、社長とはアニメや漫画に出てくる偉い人という認識だった。社長が何をする仕事なのか分かっていなかったが、「自分の父親が社長になる」ということがとんでもないことであるということは理解していた。

「お父さんが社長になったら、俺、学校で自慢できるね」

「学校などで親の自慢話をすると嫌な奴と思われるから、止めなさい。それより自分が社長になるために勉強する方が、よっぽど有意義だ」

「そうだね。でも社長だなんて、想像もつかないや」

息子からの羨望の眼差しを受け、小野は意地でもこのチャンスを逃してはならないと思った。

第四話　社長への道

1

「初めまして。小野健一と申します」

「こんにちは。高崎です」

二〇〇九(平成二十一)年九月十三日午後三時、待ち合わせ場所として指定されたウェスティンホテル東京一階のロビーラウンジで、小野を出迎えたのはモルソン・クアーズ・ジャパンの高崎治雄社長だった。

高崎はレモンイエローのストライプシャツ姿で、頭髪は薄くなっているものの日焼けした艶やかな肌は若々しくエネルギッシュな感じだった。

「君と会うのを楽しみにしていたんだよ。今までやってきたビジネスのことなど色々聞かせてもらおうか」

「ありがとうございます。よろしくお願いいたします」

「硬くならなくていいよ。君と話がしたいだけだからな」

高崎は小野の経歴を聞いた後、今まで自分がやってきたビジネスについて話し始めた。最初は緊張していた小野だったが、いつしか二人は志を同じくするビジネスマンとして打ち解けていた。

「そう。ビジネスはシンプルに考えた者が勝つんだね。伸びているブランドがあるのならそこにリソースを集中すればいい。会社の伝統や、本社の方針を理由に利益が出ないブランドに投資するなんてあってはならない」

「おっしゃる通りです」

高崎は元々モルソン・クアーズ・ジャパンの社名にもある〝クアーズ〟という商品名のビールから、利益率の高い〝ジーマ〟という別のブランドに主力商品を切り替えて利益を伸ばした実績があった。

ここまで大きな方針転換を打ち出せば、当然反発する社員や取引先も少なくない。しかしそれらを撥ね除け、実行するパワーが高崎にはあった。

そんな豪胆な高崎に小野は惹かれた。この男の下で経営を学べるなら願ったり叶ったりだとさえ思った。

「じゃあ小野君。いつから来られるのかな」

「社長、今決めてよろしいのですか。もう少し考えた方がよろしいのでは……」と、側で聞いていた男性秘書が小声で口をはさんだ。

「小野君と会って確信した。彼には僕の後を任せられる。ただし米国本社の社長に認めてもらうことが条件だが……」

「ありがとうございます」

高崎は何とその場で採用を決めてくれた。このスピード感にはさすがの小野も驚いたが、嬉(うれ)しくてたまらなかった。

こうして小野はモルソン・クアーズ・ジャパンへの入社、三度目の転職が決まった。役職は副社長兼マーケティング本部長。米国本社の社長が認めた場合には二年後に社長就任という条件付きで、入社日は二〇一〇（平成二十二）年一月一日に決まった。

高崎が〝ジーマ〟の現況について話し始めた。

「現在ジーマは十年連続で売上げを落としているんだ。原因はいろいろあるだろうが、一番はターゲットである若者の間でジーマと相性が良かったヒップホップ・カルチャーが衰退したことだろうなぁ」

「厳しいですね。ブームというのは大きな利益を生み出す反面、廃(すた)れた後の継続が難しいですから」

「いくらジーマの利益率が高いと言っても、ベースとなる売上げが落ちてしまえば利益は出ない。君の正式な入社は来年一月だけど、早いうちに顔合わせだけでもしてもらえないだろうか」

小野は高崎から頼まれて十一月に行われる会議に参加することになった。

まだ入社していない者が社内の重要な会議に出席するというのは憚(はばか)られたのだが、

高崎の強い意向で押し通された形である。

「分かりました」

あの手この手を尽くせども売上げが上がらず、高崎も必死だった。小野はジーマを復活させたいという高崎の熱い思いに応えたいと思った。

十一月に開催された会議ではブランドマネージャーの阿川裕子が、ジーマの新しいプロモーション戦略について熱心に話していた。

「ジーマの味は二十三種類の独特のフレーバーの組み合わせで、ユニークとしか言えません。そんなジーマの味を浸透させていく上で、私はジーマの味をこう表現したいと思います」

阿川はスライドをモニターに映した。

「〝ジーマの味はキスの味〟ジーマの味をキスする時のような甘酸っぱい味とエモーショナルに表現し、製品の爽やかな味わいと合わせてブランドイメージを植え付けるのです。具体的にはタレントの唇をかたどったシリコンを、景品としてジーマに付けようと考えています。飲む時にそのシリコンの唇を瓶にさし込んで飲んでもらうと、まるで好きなタレントとキスをしながらジーマを飲んでいるよう、というコンセプトです」

「はっはっは。馬鹿馬鹿しくて実に面白いじゃないか」

高崎社長は高笑いをしながら小野に目線を送った。

「小野君。今回のプレゼンについて、君の意見を聞きたい」

「私ですか……」

小野は首を傾げた。あくまで顔合わせ程度だと聞いていたので、やや面くらったが、すぐにまっすぐ阿川を捉えた。

「面白いと思います。タレントの唇を付けるということは、ターゲット層は若い男性ですか」

「いいえ。男性タレントの唇も付け、女性層も狙おうと思っています」

「なるほど」

小野もこのプレゼンを評価した。そんな小野の反応を感じ取った高崎は上機嫌で社員たちに話し始めた。

「話は伝わっていると思うが、彼が来年一月から副社長兼マーケティング本部長として我が社に来てもらう小野健一君だ。今回のジーマのプロモーション〝ＫｉｓｓＡＺＩＭＡ〟は、彼の指揮下で行われることになる」

「小野健一です。よろしくお願いいたします」

小野は深々と頭を下げた。

二〇一〇年一月一日に小野は正式にモルソン・クアーズ・ジャパンの一員になった。日本支社の所在地は渋谷区桜丘町で従業員は六十七人である。

小野の指揮下で行われることになった〝Ｋｉｓｓ　ＡＺＩＭＡ〟のプロジェクトだが、そのことに不満を持つ社員たちからは陰口を叩かれた。

「なんで途中から入ってきた奴が指揮を執るんだ」

「高崎さんはあの新しいマーケティング本部長を気に入っているようだが、俺はあんな奴は認めないぞ」

「入ったばかりで業界のことを分かってない若造に何ができるんだ」

モルソン・クアーズ・ジャパンは外資系の企業ではあるものの、ほとんどの社員は大手酒類メーカーを中心とした日系企業からの転職組だった。当時の社員の平均年齢は五十二歳で、小野の年齢を十歳程上回っていた。

そのため小野のように様々なジャンルの会社を渡り歩いてきた者は、信用されにくい傾向があって当然なのだろう。酒類業界のことを知らない奴には任せておけない。そんな風潮が、特にベテラン社員を中心に根強く、小野にとっては逆風でのスタートとなった。

幸いなことにマーケティング本部社員の年齢層は比較的若かったので、小野はあえて大部分の裁量を若い部下たちに任せることにした。

「小野さん。プロモーションの細かい内容ですが、本当に我々だけで決めてよろしいのですか」

「もちろん不可能な予算や、スケジュールの遅れはNGだ。でも元々君たちが立ち上げたプロジェクトなのだから、細かい部分は君たち自身で決めてもらった方が良いだろう。それにターゲットである若い人たちに面白いと思ってもらうには、近い年代である君たちの方が適任だからね」

小野はアンダーセン時代から得意としていたプロジェクト管理の仕事に集中し、細かいプロモーションの内容は部下たちに任せることにしたのだ。

論理より感性が必要な仕事はその感性を持つものに任せた方が良いというリーバイスでの経験があっての判断だった。

多くを部下たちの裁量に任せる小野のやり方は、若い社員たちのモチベーションを大いに高めた。彼らの情熱に小野のサポートが合わさり、作業は急ピッチで進んだ。

結果、〝Ｋｉｓｓ　Ａ　ＺＩＭＡ〟のプロモーションは予定通り同年四月二日に無事実行され、大成功を収めた。

「小野君ならやってくれると思っていたよ」

〝Ｋｉｓｓ　Ａ　ＺＩＭＡ〟の成功祝いの宴席で、高崎は大笑いしながら小野の肩に腕を回した。

「ありがとうございます。恐縮です」

「あの殺人的なスケジュールをよく実行できたね。五月以降にもつれ込むことも覚悟していたんだがな」

「部下たちの頑張りのお陰です」

スケジュールは厳しかったが、小野がアンダーセン時代に行っていた仕事に比べればはるかに余裕があった。また、P&G時代に学んだマーケティング知識も部下たちに惜しみなく共有させ、細部のクオリティ向上に寄与した。

エモーショナルな部分に訴えかけるマーケティングは、リーバイスで学んだことだ。今回のプロジェクトを成功に導いたのは、今まで小野が流してきた汗と経験の賜物と言える。

結局この年度のジーマの売上げは前年比約一一〇%に伸長。それまで十年間右肩下がりだったジーマにとって救世主と言えるほどのプロジェクトになった。

この一件以降、小野の手腕を疑う声は社内から消えていった。小野の「人を活かす」マーケティング術の成果だった。

2

この年の小野の活躍は〝Ｋｉｓｓ　Ａ　ＺＩＭＡ〟に止まらなかった。六月には〝Ｋｉｓｓ　Ａ　ＺＩＭＡ〟のプロモーションを成功させて勢いに乗る小野たちに更なるチャンスが訪れた。

社内会議で高崎が上機嫌で報告した。

「本社からの最新情報だが、カナダとイギリスのモルソン・クアーズが、コロナビールを販売しているグルポ・モデロ社と業務提携するとのことだ」

「本当ですか！」

「ああ、正式な決定はまだ先になるそうだが、おそらくすぐに決まるだろう」

「それはチャンスですね。日本でもコロナビールを販売できれば大きな収益アップにつながります。ジーマとはチャネルの親和性も高いですし、この二大ブランドを同時に持つことになれば、取引先への影響力も格段に上がりますよ」

小野はさっそく高崎に日本でもグルポ・モデロ社と提携するよう提言した。

「そうだな。さっそく交渉にあたってくれ。全体の指揮は小野君に任せるよ」

「承知しました」

高崎は〝Ｋｉｓｓ　Ａ　ＺＩＭＡ〟の成功で小野を強く信頼しており、交渉の全権が小野に託されることになった。こうして小野はコロナビールの販売権を手中に収めるべく動き始めたが、すぐに問題が発生した。

「小野さん。現在グルポ・モデロ社は日本では日の丸ビールという会社と専売契約をしてコロナビールを販売しているのですが、どうやら契約解除する場合には違約金を支払わなければならないようです」

「そうか……。ありがとう先崎君」

先崎大輔は三十八歳。身長一八〇センチでがっしりした体形だ。

　Ｐ＆Ｇパンパース部門でアテント（大人用オムツ）を担当していた先崎を、四月に小野が自身のアシスタントとしてスカウトした。

「違約金が発生するとなると、そう簡単には我々に乗り換えるわけにはいかないかもしれませんね」

「いや、まだわからない。違約金を払ってでもモルソン・クアーズと契約した方が得だと思わせることができれば、まだチャンスはある」

　小野は日の丸ビール社を徹底的に調べ上げた。すると日の丸ビール社は長年コロナビールを輸入しているものの、売上げは横ばいで伸びていないこと、取り扱いは一ケース二十四本入りで七十万ケース程度であること、現在の取引先を考えると彼らの力量ではこれ以上配荷を伸ばすのは難しいことなどが分かった。

六月三十日の経営会議で高崎はコロナビールの話題を取り上げた。

「小野君。コロナビールの件はどうだろうか」

「可能性はあると思います。違約金の額が分からない以上確実にとは言えませんが、日の丸ビールがコロナビールを卸しているのは非常に狭いマーケットだけです。我が社のネットワークをフルに使えば大幅に配荷を伸ばせるでしょうから、グルポ・モデロ社もモルソン・クアーズと組みたいと言う可能性は十分にあります」

「了解。ありがとう。早速アポを取り付けよう。善は急げだ」

高崎は七月十日にグルポ・モデロ日本支社長とのアポを取り付けた。当日までわずか一週間余り。当然プレゼン資料等の準備のために、小野たち部員が徹夜したのは仕方がなかった。

当日、小野と高崎は港区西麻布（にしあざぶ）のグルポ・モデロ日本支社を訪問した。

小野はモルソン・クアーズ社を代表して、自分たちと組めばいかに売上げを伸ばせるか説明した。

「現在の日の丸ビール社のテリトリーは非常に狭く、これ以上の売上げアップは難しいでしょう。しかし我々にはジーマで培ったマーケティングのノウハウと広いネットワークがあります。ブランドを育てるエキスパートも揃っています。それはマーケティングだけでなく営業も含めてです。ですから我々と組めば現状維持ではなく、ブランドをより大きく育てていけるのです」

小野は熱弁を振るったが、相手方の表情は硬かった。ただ、最後に次回のプレゼンのアポを取り付けられたのはせめてもの救いだった。

初めてのプレゼンを終え、小野と高崎は近くのレストランで夕食兼反省会を開いた。反省会には先崎も同席した。

「どうでしたか」

先崎は心配そうに二人に問いかけた。

「まぁまぁかな。悪くないとは思う」

長時間話し続けカラカラになった喉（のど）をビールで潤しながら、小野は答えた。

「いや、きっと小野君の熱が入った話に相手方も心を動かされたに違いないよ」

高崎は笑いながら話したが、現段階では相手が乗り気でないことは、高崎自身も良く分かっていた。しかし今は、徹夜をして資料を作った先崎や熱弁を振るってくれた小野を称（たた）えたいと思っていた。

「確率的には、フィフティ・フィフティでしょうね」

「次のプレゼンは九月一日だ。それまで君たちにはじっくりと時間をかけて、内容を練り上げてもらいたい」

「分かりました。精一杯頑張ります」

こうして小野たちチームは通常業務をこなしながら、次回のプレゼンに向け動き始めた。

次のプレゼンまでは十分な時間があるので、帰宅できるのが救いだった。しかしこのプロジェクトの成否は売上げに直結することが明白である。小野は折角早く帰宅しても、プロジェクトのことを考えてしまい眠れない日々が続いた。

それでも小野たちは今できる最大限のプレゼンを用意し、本番に臨んだ。

「モルソン・クアーズ社がコロナビールを販売した場合、どれぐらい売上げが伸びるか試算してみました。現在、日の丸ビール社が扱っている量は一ケース二十四本入りで約七十万ケースです。我が社が扱えば、百万ケース以上を売ることも可能です。モルソン・クアーズ社にはそれだけの店舗ネットワークがあります。実際にジーマは百万ケース近くの売上げを出しています」

小野は今回のプレゼンでは〝具体的な数字〟にこだわった。前回のプレゼンで、日の丸ビールとの違約金が予想以上に高いと推測した小野は、生半可な数字では相手が動かないと思い、〝百万ケース〟というインパクトのある目標を掲げたのだ。

もちろんハッタリなどではなく、優秀なマーケターや営業スタッフが揃っている今のモルソン・クアーズなら行けると判断したからだ。また、実際にジーマの売上げはなかった。

九十万ケースを超えており、百万という数字は小野の中では決して大げさな目標では
前回はあまり乗り気ではなかったグルポ・モデロ社も〝百万ケース〟というインパクトのある数字には反応せざるを得なかった。

「分かりました。そこまでおっしゃるのなら検討いたしましょう。三回目の会合は十月三十一日に行いたいのですが、ご都合はよろしいですか」

「かしこまりました。大丈夫です」

小野は内心その日は避けたかった。息子の誕生日だったからだ。しかしこのプロジェクトの重要性を考えると、私用どころではない。

「相手の反応が変わったな。さすが小野君だ」

「とはいえ、今回で決めきれなかったのは痛いですね。日の丸ビールとの付き合いもあるでしょうから、熱が冷めればやっぱり止めたと言われかねません」

「そこはプレゼンで何とかするしかないな。流れは確実に来ている。後はものにするだけだ」

三回目の会合当日、小野は当然プレゼン資料を用意していたのだが、意外にも先に提案してきたのはグルポ・モデロ社側だった。

「我々の方でも追加で投資をするから、何とか百四十万ケースを売り上げることはで

きないだろうか」

「百四十万ですか！」

小野は面くらった。二〇一〇年当時、輸入ビールで最も売れているバドワイザーやハイネケンですら百十万ケース程度である。そもそも現在のコロナビールの売上げが七十万ケースということを考えると、かなり挑戦的な数字だ。

「うーむ」

普段は明るい高崎も考え込んでしまった。しかし小野は間を空けてはまずいと思い、すぐさま切り返した。

「現在輸入ビールで最も売れているバドワイザーやハイネケンは約百十万ケースです。最終的に百四十万ケースを目指すことに異議はありませんが、まずは輸入ビールでナンバーワンを目指しませんか。輸入ビールで一番ということになれば、ブランディングは格段にやりやすくなりますし、取引先からの引き合いも強くなってきますので、更に大きく成長できると思います。まずは私どもと一緒に、輸入ビールのトップになりましょう」

小野がいきなり百四十万ケースを目標にするのは無謀だと判断するのは当然だ。現在の売上げが七十万ケースなので、百四十万ケースはちょうど二倍にあたる。

小野はこの〝百四十万ケース〟という目標は明確な根拠があるわけではなく、単に売上げ倍増が目標として聞こえが良いから言っているにすぎないことを見抜いていた。ならば〝業界一位〟でも十分なはずだ。コロナビールがバドワイザーやハイネケンに売上げで勝っている地域はホームであるメキシコぐらいだろうと小野は考えていた。各国で苦汁を飲まされ続けてきたバドワイザーやハイネケンを打ち負かす、というストーリーはグルポ・モデロ日本支社長らにとって心地好く聞こえるはずだ。そう小野は確信していた。

「輸入ビールの一番か、とてもいい響きだ」

「無論、実現するにはかなりの追加投資が必要です。そこはお願いできますか」

「もちろんだとも」

小野は目標の下方修正のみならず、追加投資の言質を取ることにも成功した。

交渉は成立し、高崎と小野はコロナビールの輸入販売権の獲得に漕ぎ着けた。しかしながら、厳しい売上げ目標であることには間違いなかった。この後、小野たちはコロナビールの売上げ目標達成のため、奔走することになる。

3

二〇一一（平成二十三）年三月十一日。モルソン・クアーズ・ジャパンを、いや日本全体を震撼させる大災害が発生した。東日本大震災だ。東北地方の太平洋岸を中心に死者・行方不明者は、なんと一万八千人以上に及んだ。この未曽有の大災害の影響はモルソン・クアーズ社にとっても深刻だった。

「小野さん。これからのことで指示をお願いします」

「まずは社員全員と、その家族の無事を確認しよう。話はそれからだな」

幸いなことに、モルソン・クアーズ・ジャパンの社員及びその家族は全員無事だった。しかし倉庫が滅茶苦茶な状態だった。何より多くの取引先が被災していたのだ。

「とりあえず、皆無事で何よりだ。今後の方針について、売上げ目標はもちろん目指して欲しいのだが、そのためには基盤を元に戻さないといけない。まずはそのことにベストを尽くそう。困っている取引先があったら積極的に手助けしてください」

取引先が甚大な損害を被った以上、まずはそこをサポートして基盤整備に注力すべきというのが小野の判断だった。

「取引先の倉庫の片づけなどで人手が足りないという要請があった場合は、担当している営業スタッフはそのサポートに出向いてください」

小野の指揮の下、社員一同は一致団結して災害の後処理に取り組んだ。被災した取引先企業からも大いに感謝されたのは言うまでもない。しかし、当然ながらその年の売上げは苦しかった。そんな中、小野は社員を守るために奔走した。

同年九月。低迷する売上げの理由を説明するため、小野はモルソン・クアーズの本社があるアメリカのコロラド州デンバーに出向いた。

当時、デンバーまでの直行便はなかったので、ロサンゼルス経由である。小野は出張経費を節約するため、成田空港からロサンゼルス空港までビジネスクラスの中でも格安のシンガポール航空を利用した。二〇一三（平成二十五）年にユナイテッド航空が直行便を就航させたが、料金が高額であったので、その後もシンガポール航空を利用し続けた。

小野は米国本社のマーク・ハンターCEOを相手に交渉した。ハンターCEOはアイルランド系アメリカ人で年齢は五十代半ば、筋肉質のがっしりした体躯でとても威厳があった。

小野は緊張しながら言葉を発した。もちろん英語だ。

「日本は未曽有の大災害に襲われ、現在も被災した地域は復興に苦心しています。私たちとしては売上げ目標を達成する努力はしつつも、取引先のサポートを優先しなければなりません」

「なるほど、状況は理解した」

「ですから今年の売上げ目標の下方修正をお願いしたいのです」

「分かった」

「また、当初の売上げ目標を下回っている中、大変恐縮なのですが……、社員たちにボーナスを支給して頂けないでしょうか」

「ボーナスは売上げ目標の達成率に応じて出す決まりだからね。今の状況で出す訳にはいかないいな」

「社員たちは被災した取引先のサポートのため、身を粉にして働いています。彼らの奮迅の活躍は今すぐとはいきませんが、必ずモルソン・クアーズ・ジャパンの未来の売上げにつながります。そんな社員たちのボーナスを売上げが足りないからと言ってカットするのは、あまりにも忍びないです。くれぐれもよろしくお願いいたします」

「分かった。ミスター小野はコロナビールの日本での販売権を獲得した実績がある。今回に限り、通常通りの額でボーナスを支給しよう」

「ありがとうございます」

小野は売上げ目標の下方修正のみならず、社員たちにボーナスを支給させることに成功した。自分の立場だけを考えた場合、売上げ目標さえ下げれば安泰だ。しかし、小野は昔から理不尽なことを嫌い、仲間を誰よりも大切にする男だった。

「来年以降はきちんと売上げを戻せるんだろうな」

「はい。お約束いたします」

小野の強い気持ちが、本社社長の心に響いたのだ。

「あくまで前借りみたいなものだからな。ちゃんと結果を出してくれ」

「はい。もちろんです」

ハンターCEOのプレッシャーにも動じず、小野は力強く返事をした。

小野が震災後の現況を伝えなければならないのは、米国本社のみではなかった。昨年輸入販売権を勝ち取ったコロナビールの製造元であるグルポ・モデロ社にも、売上げ目標の下方修正を打診しなければならなかった。

小野はデンバーからアトランタ経由でグルポ・モデロ社があるメキシコシティに飛行機で移動した。

「大変申し訳ございません。現在日本は未曽有の大地震に襲われ、取引先の倉庫や店舗に大きな被害が及んでいます」

「日本の大震災についてはニュースで知っている。お見舞い申し上げる。今年の分はしょうがないから、来年以降は軌道に乗せるように頼んだよ」

「はい。必ず軌道に乗せます」

こうして小野の交渉により売上げ目標の下方修正を実現したモルソン・クアーズ・ジャパンの一同は、復興のために各々が持てる力量を出し尽くした。

そんな中、二〇一二（平成二十四）年一月をもって高崎社長が退任することになった。六十五歳定年制が定められており、誕生月に辞めるというのが既定路線だった。

後任の社長は当然、小野健一だ。

「こんな大変な状況下で引き継ぐことになってすまない」

「いえ、高崎さんがいらっしゃったからこそここまで来られました。これからは私が会社を引っ張っていきます」

米国本社は小野の〝Ｋｉｓｓ　Ａ　ＺＩＭＡ〟、及びコロナビールの日本での販売権奪取を高く評価していた。売上げ目標こそ震災の影響で達成できなかったが、本社の信頼を得た小野はついに社長になるという夢を叶えたのだ。

『ついに俺が社長か……』

しかし喜んでばかりもいられない。米国本社とグルポ・モデロ社の売上げ目標を達成するため、小野はこれまで以上に仕事に打ち込んだ。

モルソン・クアーズ・ジャパンは破竹の勢いを見せた。というのはジーマのターゲット層とコロナビールのそれが似ているため、ジーマとコロナビールが一緒に取引されることになり、配荷店あたりの売上げが倍々で増えていったのだ。営業スタッフが同じ商談時間で倍の商品を売り込むことができるようになったのが大きかった。

また、震災時に一緒に苦難を乗り越えた東北地方の卸問屋や酒屋が積極的にコロナビールとジーマを取り扱ってくれたのも大きかった。大変な時期を共有したからこそ、取引先との距離を縮められたのだ。

結果、この年のモルソン・クアーズ・ジャパンは過去最高の売上げ高を達成した。翌年も、小野たちはその記録を更新した。まさに快進撃だった。

社長・小野健一の初陣は、華々しい勝利と言えるだろう。それは小野だけの成果ではなく、モルソン・クアーズ・ジャパンの全社員が一体となって実現した勝利だった。

4

二〇一二年九月十日、小野は米国本社への出張でデンバーに向かった。

当時モルソン・クアーズ・ジャパンの売上げは絶好調だった。しかし、小野はこの時一抹の不安を抱いていた。

グルポ・モデロ社がモルソン・クアーズとの業務提携を打ち切って自社販売に切り替える可能性があるのではないかと危惧（きぐ）していたのである。

六月に世界のビール市場に激震が走った。世界最大のビール会社であるアンハイザー・ブッシュ・インベブ（ＡＢＩ）社がグルポ・モデロ社を買収し、一〇〇％子会社にすると発表したのだ。

ＡＢＩ社は世界ナンバーワンのビールブランドであるバドワイザーを擁し、これまで徹底した利益追求で大きく成長してきた企業だ。ブランド育成を重視するモルソン・クアーズやグルポ・モデロ社とはビジネスモデルが異なる。親会社の変更によって、コロナビールに今後何が起きても不思議ではない。それが小野の抱く危機感だった。

しかも、コロナビールは輸入当初とは比較にならない程の配荷と知名度を日本で手中にしていた。万一コロナビールの販売権を失えば、モルソン・クアーズ・ジャパンが傾きかねないほど、コロナビールの売上げ構成比は大きくなっていた。

そして現状のコロナビールのブランド力ならモルソン・クアーズとの業務提携を打ち切って、グルポ・モデロ社自らが日本での販売活動をすることも可能なのだ。すぐに切られるとは思わないが、グルポ・モデロ社に業務提携を打ち切られたら一大危機となる。コロナビールを失った際の保険として、新たな軸となるブランドを今のうちから育成しておくべきだと小野は考えていた。

そんな中で出張業務を終えた小野は、米国モルソン・クアーズのインフォメーション・テクノロジー部マネージャーのトレント氏に誘われて、メジャーリーグのコロラド・ロッキーズの本拠地であるクアーズ・フィールドに野球観戦に行くことになった。その名の通り、この球場の命名権はモルソン・クアーズ社が所有している。

小学校から大学まで野球一筋の青春を過ごした小野にとって、本場メジャーリーグの観戦は楽しみでならなかった。

しかし小野を最も感動させたのは試合ではなく、試合中にトレントから勧められて飲んだ一杯のビールだった。

「ウチが買収して取り扱っているビールだけど、美味しいと評判なんだ」

「いただきます。美味い！　素晴らしい！」

「そうだろう。これは〝ブルームーン〟と言って、ベルジャンホワイト（ベルギー発祥の白ビール）をアメリカ風にアレンジして造られているんだ。バレンシアオレンジの香りが良くて、喉越しも抜群だろう」

「これを日本に輸入できませんかねぇ」

「無理だね。このビールはアメリカ国内でしか流通していない。しかも流通しているのはコロラドを中心にほとんど西部地区だけだ。アメリカ国内でも東部ではなかなか飲めないビールなんだ」

「どうして流通してないんですか。この味ならアメリカ全土と言わず、世界中で通用すると思いますが」

「ブルームーンを造っているファウンダー（創業者）のキース・ヴィラ氏が凄く拘りの強い人でね、センシティブな味だから、輸送で味が落ちるくらいなら流通させたくないそうだ。だからアメリカでも西部以外では提供していないんだよ」

「なんとか交渉できませんか」

「もちろん、今はウチのビールだから交渉の席ぐらいは設けられると思うが……。かなり難しいと思うよ」

「それでも何とかお願いします。このビールが一地方のアメリカ人にしか知られていないなんてもったいないです」

「分かった。小野がそこまで言うのなら、手配してみるよ」

こうして米国本社からは取締役で国際部社長のカンディ氏とチーフ・サプライチェーン・オフィサーのラチ氏が、ブルームーン側からはキース氏とグローバル・ブランドマネージャーのミッシェル氏が参加して話し合いの場が急遽設けられる事になった。

急な面談の申し出にも拘らず、キースは快く小野を出迎えた。

「初めましてキースさん。今回はお忙しい中、面談の機会を頂き感謝申し上げます」

「私のビールの味を気に入ってくれて嬉しいですよ。ありがとう」

「さっそくですが、本題に入ってよろしいでしょうか」

「ブルームーンの日本進出の件だろう。話は聞いているよ」

国際部社長のカンディが大まかな概要を予めキースに説明していたのである。

「私としては、品質管理さえ問題がなければ是非輸出したいと思っている」

『あれっ？　思ったより話が早いぞ』

キースは気難しく拘りが強いと聞いていた小野は、キースの柔和な態度とトントン拍子で話が進むことに戸惑いを覚えていた。

「ただし、鮮度を落とさないで配送できることが絶対条件だ。モルソン・クアーズ・ジャパンの生ビールの流通はどうなっているのかね？」

小野は一瞬返答に詰まった。モルソン・クアーズ・ジャパンでは瓶ビールしか扱っておらず、まだ生ビールの流通システムを持っていなかったのだ。

「これから用意します。必ずキースさんの求める水準の鮮度維持をお約束いたします」

「そうか。そこまで言うのなら、この話は前向きに検討するとしよう」

「ありがとうございます」

「とりあえず流通システムができたら適宜(てきぎ)報告してもらいたい。日本人はビールがとても好きだと聞いている。うちのビールを届けられたら嬉しい限りだ」

キースはにこっと笑ってから、右手を伸ばして小野とがっちり握手を交わした。小野はこの美味しいビールを日本に届けられるかと思うと胸が熱くなった。

小野は帰国後さっそく〝ブルームーン〟の話を社員たちと共有し、プロジェクトチームを立ち上げた。

最初の課題は生ビールの流通システムの確保だったが、すぐに問題が発生した。コストがかかり過ぎるのだ。

小野たちはまず、ビールを流通させるためのケグ（樽）を買うことにしたのだが、なんと二十リットル入りの樽が一個一万円近くもするのだ。ドイツから高品質のものを輸入するため、やむを得なかった。

小野はより安い樽を検討したものの、密封性が高く、輸送時の衝撃に耐え得る強度も考慮すると他に選択肢はなかった。必要な樽の数は二千個ほど。これだけで、約二千万円の大出費だ。

更にもっと深刻な問題が発生した。ブルームーンはその鮮度を保つため、全ての流通において冷蔵配送、保管が求められている。

しかし、日本では一般的なビールの流通は常温で行われており、ビール会社はコストがかかる冷蔵トラックでの運搬や冷蔵庫での保管を快く思わなかった。更に、日本の飲食店で取り扱うビールサーバーも普及の足かせとなった。

ビールサーバーには常温でビールを保存し、サーバー内にある冷却プレートを電気で冷やし、ビールを急速冷却してから注ぐ瞬冷式と、サーバーと一体化した冷蔵庫で樽ごとビールを冷やす空冷式の二種類がある。

ブルームーンの取り扱いには後者が優れているのだが、冷蔵庫を置くための店内スペースの問題や、電気代を含めた運用コストが嵩むという欠点があった。ほとんどの飲食店では瞬冷式のビールサーバーが採用されており、空冷式ビールサーバーを持つ店は圧倒的に少ないのである。

ただでさえ輸送コストがかかる上、そもそも卸せる店の絶対数が少ない。しかも生ビールは当時、国内大手四社にとって自らの配荷店を拡大するための価格競争の道具になっていたため、単価が低く提案されることが多かった。

この状況下では赤字は必至だ。日に日に社内でもブルームーンのプロジェクトは凍結されるだろう、という見方が大勢を占めるようになっていった。

ただ、小野はクアーズ・フィールドで飲んだブルームーンの味が忘れられなかった。『あの味を日本の消費者に届けたい』諦めきれない小野は、様々な業界人に相談し、どうしたら実現可能かアドバイスを乞うた。

しかし、回答は厳しかった。ほとんどの人が「生は利益が出ないから止めた方がいい」の一点張りだった。

取り付く島がないとしか言いようがなかった。唯一小野を支援してくれたのが前社長の高崎だった。

「生ビールか。確かに利益の出ないビジネスだが、僕はずっとやりたかったんだ。ビール会社が生ビールを扱っていないっていうのも寂しいからね」

「そうですよね。ブルームーンの味は最高レベルですし、やり方によっては成功すると思うのです。知恵を貸して頂けませんか」

「ナガノトレーディングというクラフトビールの会社があるんだけど、モルソン・クアーズとは昔からの付き合いなんだ。彼らに相談すれば、何かヒントが得られるかもしれない」

「本当ですか。是非お願いします」

高崎はその日のうちにナガノトレーディング社長との会食のアポを取り付けてくれた。この行動力は引退してもなお変わらなかった。

ナガノトレーディングはクラフトビールの輸出入、卸・小売業などクラフトビールに関わる業務全般を行っているクラフトビールのスペシャリストだった。

高崎がナガノトレーディングの創業者で社長のアンドリュー・バルマス氏と懇意にしていることもあり、会食は終始和やかなムードだった。バルマス社長は小野からブルームーンの話を聞くと、感心したようにうなずきながら答えた。

「なるほど、それは凄くコストがかかるね。ただ、本当に美味しいビールを出すという志はウチと同じだ。私たちにできることがあれば協力するよ」

「本当ですか」

「ビールはワインと違って、本当に美味しいものの価値が伝わっていないと思うんだよね。私たちはビールの持つ価値そのものを高めたいと思っているんだ。そういう意味ではブルームーンにもぜひ日本で頑張って欲しい」

「確かにワインには五百円のものから百万円以上のものまでありますけれど、ビールにはそれがありませんからね」

「ビールイコール庶民の酒というイメージがただでさえあるのに、大手ビールメーカーが率先して、第三のビールなどと安売り路線に突き進んでいるのだから悲しくなる。でもビールにはもっとポテンシャルがあると思うんだ。それこそ大衆の憧れになるような、ロマネ・コンティのようなビールがあってもいいと思う」

高崎は力説した。

小野は高揚感が募った。

「そうですよね。丁寧に造られたビールの味わいを知ってもらうことができたら、価格が高くても飲みたいと思う人はいるはずです」

小野はブルームーンの輸入に対して肯定的な意見を聞き、心底嬉しくてならなかった。同時にブルームーンのブランディングの方向性も見えてきたのだ。

「先々の心配ごとが払拭できました。ありがとうございました」

小野は笑顔でバルマス社長と握手をして帰路に就いた。

二〇一三年二月。小野はついにブルームーンの輸入に必要な流通網を整え、本格的なマーケティング戦略に移行した。

この時点でもまだ社内の反発は少なくなかったが、小野には成功する自信があった。

小野の作戦はこうだ。まずは本格的に営業をかける前に、ポップアップストアを作り、そこで話題作りをして知名度とブランド力を一気に高める。そこから空冷式のビールサーバーを所有する店に即座に営業をかけるのだ。

小野はポップアップストアで話題を集めれば少ないパイからでも多くの顧客が得られると判断した。

そしてブルームーンのブランド活動を統括するブランドマネージャーを採用した。その男の名は大林一郎（おおばやしいちろう）。アパレル出身の三十五歳で、ハンサムなマスクと高身長で均整のとれたスタイルの洒脱（しゃだつ）な男だ。

小野は大林の感性を全面的に信用し、店舗のブランディングを全て彼に任せた。感性が必要なマーケティングは、感性のあるものに裁量を与えた方がうまくいくという経験則によるものだ。実情としては社長としてジーマやコロナビールの事業統括もしなければならず、ブルームーンのみに注力できないということでもあった。

しかしこの判断が大当たりする。大林がプロデュースしたポップアップストアが翌年四月六日に表参道（おもてさんどう）にオープンすると、一杯六百円の強気な価格設定にも拘（かか）らず多くの客が訪れた。〝全米ナンバーワンのクラフトビールが日本上陸〟という話題性が物を言ったのだ。

大林の感性を重視したマーケティングは特に若年層、新し物好きを刺激した。小野自身は感性より論理を重視するタイプのマーケターだが、リーバイスでの経験のおかげで感性型のマーケターを扱うのもうまかった。

輸入ビールは輸送の過程で味が落ちてしまうケースもままあるのだが、キース氏の拘り(こだわ)を守るため徹底的な品質管理がなされている点も大きなアドバンテージになった。〝ブルームーンは他のビールとは一味違う〟という口コミが更なる顧客を呼び、開店から時が経っても客足が衰えなかったのである。

結果的にポップアップストアを使ったブランディングは大成功したと言える。

そしてブランディングが成功すれば人は勝手に集まってくる。空冷式のビールサーバーを導入している店舗自体が少ないにも拘らず、ブルームーンを取り扱いたいという店が小野の想定以上に集まった。ブルームーンは利益の出にくい生の輸入ビールでありながらその年度の決算から黒字を出すという結果をもたらした。

このことは小野にとって嬉しい誤算だった。小野は当初ブルームーン単体では赤字になることを見込んで、〝アメリカでナンバーワンのクラフトビールを提供している会社〟として自社をブランディングし、二の矢、三の矢の輸入商材で利益を上げる計画だったのだ。

それだけキース氏の拘りを守りつつ利益を出すのは難しいチャレンジだった。小野はブルームーンの成功で、改めて『短期的なコストカットに走らず、本当に良い商品を提供する大切さ』を認識した。

5

ブルームーンの輸入事業はまだまだ小さいながらも船出に成功した小野だったが、この年、会社全体としては苦戦を強いられることになる。

「分かってはいましたけど、やっぱり利益が伸びていませんね」

年末、小野と先崎は厳しい表情で財務諸表を睨んでいた。

「リーマンショック以来の急激な円安だから、黒字で終えられただけでも良しとしなければいけないな」

売上げ自体は高かったが、それ以上に輸入費の高騰が痛かった。小野は内心では消沈していたが、苦しい中でも懸命に働いてくれる社員たちを労いたいという思いから、なるべく明るい声で話すように努めた。

「昨年一月には対米ドル八十円台だった為替レートが年始には百五円になり、更に今は百二十円になってしまった。ここまで急激な円安の中で、今年度を黒字で終えられたのは皆さんの頑張りのおかげです。来年度も厳しい状況が続くとは思いますが、全社員一丸となって利益を伸ばしていきましょう」

小野は当然、ここから挽回（ばんかい）するために身を粉にして働く心づもりだった。しかし不穏な流れは続いた。

二〇一五（平成二十七）年春、グルポ・モデロ社とのパートナーシップに変化が生じ始めた。

「グルポ・モデロ社からこれからは一緒に営業活動をしたいという打診がありました」

「そうか。断る理由もないし、了承の旨を伝えておいて」

「分かりました。グルポ・モデロ社は我が社の営業スタッフを信用していないのでしょうか」

「いや、そんなことはないだろう。信用しているからこそ、仕事ぶりを近くで見たいということじゃないのか」

「そうですか、それならいいのですが」

『まずいなぁ』

小野は内心乗り気ではなかった。グルポ・モデロ社はモルソン・クアーズの営業ノウハウを盗もうとしているのではないか、と考えたからだ。

小野がそう考えるのには、十分な根拠がもう一つあった。グルポ・モデロ社は日本支社の社員を少しずつ増やしているのだ。業務委託ならば今以上の人員は必要ないはずである。

しかし小野に止める術はなかった。また小野は自分がグルポ・モデロ社の経営者であれば、これだけ堅調に売上げを伸ばせているのなら、自社で販売して利益の独占を狙うのは当然だと思った。特に親会社であるＡＢＩ社なら、そう考えるだろう。二〇一二年の買収発表以来、世界的に改革を進めてきた彼らの戦略がいよいよ日本にも到来したか。そう考えるのが自然だった。

コロナビールを失うＸデーに備え、小野はブルームーンの営業により力を入れるようになった。ブルームーンは利益の出にくいビジネスモデルではあるものの、高級路線のブランディングが成功し売上げは順調に伸びていた。

ブルームーンはジーマ、コロナビールに続くモルソン・クアーズ・ジャパン社の三つ目の柱として業界からも注目されていた。その一方でグルポ・モデロ社の販売活動への干渉は日に日に強まってきており、業界内ではまことしやかに独立のうわさがささやかれていた。

そんな状況の中、二〇一六（平成二十八）年十二月下旬に情勢が一気に動き出した。

小野に何の連絡もなく、突然米国本社取締役・国際部社長のカンディが来日したのだ。カンディは六十代前半のインド系アメリカ人で、やせ型で眼光鋭いが知的な印象の紳士である。思いも寄らないカンディの来日に、小野は嫌な予感がしてならなかった。

小野は古参の営業スタッフから、かつて二度日本支社の売却の話が持ち上がり、頓挫した話を耳にしていた。

更にこの頃、小野はジーマとブルームーンを軸とした新しい成長戦略案を何度も本社に却下されていた。もし本社が日本支社の売却に動いているのならば、全てがつながる。

そして翌年一月十日に小野は決定的な情報を得たのだ。

コロナビールを失い、長引く円安の状況下では利益が下降することを見越したモルソン・クアーズ米国本社が、日本支社の売却を検討しているという話である。

まさに小野の嫌な予感が的中したのだった。

一月末日。リモートで行われた本社との定例経営会議で、小野はそれとなく問い質した。

「モルソン・クアーズ本社がアサヒビールやキリンビールにコンタクトを取っているという情報を小耳に挟んだのですが……、日本支社長として何かすべきことはありますか」

「いや、別に」

「そうですか」

その場ではお茶を濁したハンターCEOだったが、二月十五日にカンディ国際部社長が再び来日し、小野を呼び出した。

「これから話すことは他言無用で頼む」

小野はその場で誓約書を書かされた。

「グルポ・モデロ社が独立したがっている話は、君も聞いているだろう。実はそれに伴い、モルソン・クアーズ・ジャパン商品の日本における販売権を国内大手のビールメーカーに委ねるという話が出ている」

『やっぱりそうか』

大体の見当はついていたので、小野は特に動揺することもなかった。

「それで、日本支社の代表である君にも交渉の席についてもらいたい。コロナビールの販売権を失ったとしてもジーマの売上げは堅調だ。欲しがる企業はいくらでもあるだろうし、日本における大手ビールメーカーの影響力を考えれば今まで以上に収益を伸ばしていけると思う」

「お言葉ですが、現在日本のビール市場全体が収縮する中、アサヒもキリンも、自社ブランドの売上げに精一杯の状態です。そんな彼らが販売権を持ったとしても、ジーマに注力するとは思えません。売上げは良くて一〇％増がいいところでしょう」

　小野はおおよその事情はあらかじめ把握していたので、カンディ社長を説得するためのプレゼン資料を用意していた。

　社員たちの生活を守る。それもあるが、それ以上に日本支社が約束した成長を遂げるためには、大手四社への販売委託は最適な方策とは言い難かった。自分たちが築き上げたブランドが窮地に立たされることが分かっている中で、この判断はあり得ないと小野は確信していた。

「それよりコロナビール分の収益減に備え、ブルームーンに投資をして育成していく方が賢明です。ブルームーンは堅実に売上げを伸ばしています。現在コロナビールにかけている投資をこちらに回せば、いずれは利益ベースでコロナビールに匹敵するブランドに成長させることが可能です」

「しかしだね……」

「将来的に売上げを二倍、三倍と大きくしていきたいのなら自社でブランドを育てていくしかありません。大手ビール会社に売却したとしても、大きな売上げ増は望めません」

「理屈では分かるが、その方途だって簡単ではないだろう。それにメイン商材であるクアーズを売らない日本支社の存在は、グローバル全体の利益という観点から見ると効率が悪いんだ。工場の稼働率を上げられないからね。今後は自社販売はクアーズを軸とし、他のブランドは販売権を他社に委託する。これが本社の方針であり、その方が全体としての利益は上がるのだよ」

前社長の高崎は利益率の低いクアーズの販売比率を下げ、ジーマをメイン商品として会社を成長させてきた。しかし他の国々とは違う商品を中心に展開する日本支社は、為替の影響とはいえ、一旦(いったん)会社としての利益率に陰りが見え始めると途端に、本社にとってはあまり魅力的な存在ではなくなってしまうのだ。

過去二回の交渉ではジーマの売上げの落ち込みもあり、いい買い手が見つからなかったが、今回はジーマの売上げが復調しているため、買い手がつくだろうという判断も手伝っていた。皮肉にも高崎と小野の利益を出すための経営努力が、日本支社の売却という判断をもたらしてしまったのである。

その後も小野は再三再四考え直すよう本社への説得を試みたが、聞き入れてはもらえなかった。

二〇一七（平成二十九）年四月下旬。小野は本社から解雇を告げられた。本社の意向に沿わない人間は容赦なく切る。ビジネスの世界は非情だ。

小野は仕方ないと割り切っていた。やれることはやった。尽くしてきたからこそ悔いはない。しかし、残された社員たちのことは心配でならなかった。

小野のモルソン・クアーズとの契約は、八月末日までと決められていた。後任は本社から来たヒスパニック系アメリカ人の女性だ。

小野は引き継ぎ業務をする傍らも、新社長に自力でのブランド育成の必要性を説き、必要なサポートを惜しみなく行ったため、退職日まで一切の転職活動をすることはなかった。

八月三十一日。なじみの社員が見送る中、小野はモルソン・クアーズ・ジャパンのオフィスを後にした。

『さて、明日から何をしようか』

小野は若い頃、アンダーセンで理不尽な目にあった時、社長になるという夢を持った。自分が社長として会社を動かす側に回れば、勝つも負けるも自身の責任。納得のいく働き方ができると思ったからだ。

しかし、現実は社長になったとしても、更に上の存在であるアメリカ本社の意向には逆らえなかった。大きな企業に属している限り〝縛り〟は必ず発生するものなのだ。

九月十三日。小野は自分の誕生日に小さな会社を設立した。

「D&Fクリエイツ」という、コンサルティングの会社だ。社員は小野健一ただ一人。いわゆる個人事業主の立場である。

組織に属さずどこまでやれるかは、小野にとって未知の領域だ。小野は家族を養わなければならない。長男の健友は大学二年生、神戸で出生した長女の由佳(ゆうか)は高校一年生だ。それでも小野は挑戦しようと思った。

D&Fクリエイツという社名に込めた想い。それは楽しい(Delight)未来(Future)を作る(Creates)会社という意味だ。自分が社員や家族に対する想いを実現する場になるはずだ。

小野のモルソン・クアーズ・ジャパンでの七年八か月の戦いは終わったのだが、この後モルソン・クアーズ・ジャパンがどうなったのかを記しておく。

モルソン・クアーズ・ジャパンはジーマを中心とする自社製品の販売権を売却すべく交渉を重ねたが、結局交渉成立には至らず、自社での販売継続を強いられることになった。

小野の「どこのビール会社も自社ブランドだけで必死だ」という見解が正解だったのだ。

二〇二〇(令和二)年からは未曽有(みぞう)の感染症となった新型コロナウイルスの影響もあり、業績は更に低迷。二〇二一(令和三)年十二月三十一日で事業を終了し、日本市場から撤退した。

第五話　カルチャーと挑戦

1

二〇一七（平成二十九）年九月十五日。小野健一が個人事業のコンサルタント会社を起業した直後に意外なオファーがあった。

当時スペシャルティコーヒーの代名詞として急速に認知を広めていたブルーボトルコーヒージャパンが、経営強化のために人材を探しているという話だ。

ブルーボトルコーヒーは米国カリフォルニア州オークランド発祥のコーヒーチェーンで、サンフランシスコを中心にコーヒーショップを出店している。日本での店舗数は六店舗と少ないが、コーヒーの味への拘りが強いことが業界では有名だった。

コーヒー業界に疎い小野ですら、一号店のある清澄白河をコーヒーの街にした立役者としての名は耳にしていた。

その頃小野は、自宅の一室をコンサルタントの仕事場に模様替えしている最中だったが、ブルーボトルコーヒーの話に興味を惹かれた。

一つはスタートアップ企業への興味である。小野は若者中心の職場に熱意を感じた。経験不足の組織であれば自分の能力が発揮できるのではないかとも考えた。

また、今まで小野は卸業を中心としたキャリアを形成してきたが、消費者の反応を直接感じ取れる小売り業態にチャレンジしたいとの気持ちも少なからずあった。

小野は早速面接の日程を取り付けた。面接は二回で、初回は九月十七日の日曜日に決まった。

面接を受けることにしたものの、小野は既に個人事業主として一件の仕事を請け負っているので、副業が可能であることが条件となる。この条件をクリアするのは厳しいだろうなと、内心思わぬでもなかった。

当日、面接会場に小野が出向くと、三人の男女が出迎えた。

「どうぞ、こちらにいらしてください」

声をかけたのはヘッドハンターの石渡正一だ。この話を持ち掛けてきた石渡は大手外資系のエグゼクティブサーチファームの取締役で、年齢は五十歳ほどである。

「初めまして。ミスター小野」

二人目は米国本社のCFO（チーフ・ファイナンシャル・オフィサー）のケビン・ボウマンで年齢は三十七歳。いかにもアメリカの優秀なビジネスマンといういでたちで、堂々とした立ち居振る舞いが印象的な男だ。体軀も小野と同じぐらいで、百八十センチ以上はあった。

「初めまして。岩崎愛と申します。本日はよろしくお願いします」

　そして三人目が、ブルーボトルコーヒージャパンの取締役の岩崎愛だ。岩崎はボウマンとは対照的に、小柄で控えめな雰囲気の女性だった。

『こんなに若い女性が、取締役なのか！』

小野は驚いた。岩崎は三十七歳だが、見た目は二十代と思えたからだ。三十七歳と若い女性が経営者というケースも日本では珍しい。

「小野健一です。よろしくお願いします」

小野は三人に深々とお辞儀をした。

「早速だが、軽く経歴を話してもらえるかな」

　ボウマンが訊いた。

「アンダーセンコンサルティングでコンサルタント業を七年、P&Gとリーバイスでマーケティングを合わせて十年経験した後、モルソン・クアーズ・ジャパンで代表取締役を務めました」

「ありがとう。では、早速質問に移らせてもらう。日本のコーヒー市場をどう見ているのか、聞かせて貰いたい。ブルーボトルコーヒーは日本でどれぐらい成長できそうかなぁ」

「私は日本のコーヒー市場について、詳しいデータを持っているわけではありません。ただ街中の喫茶店は減っていますが、スターバックスを始めとするチェーン店は増えている印象があります。ブルーボトルコーヒーのポテンシャルは高いと思いますが、どこまで拡大するかは会社の目標とブランドの立ち位置によって決まってくるのではないでしょうか。ブルーボトルコーヒーは、スターバックスのように数百店単位での出店を予定しているのですか」

「それは我々にも分からない。だが、〝美味しいコーヒーを届ける〟という一点に関しては妥協するわけにはいかない。逆にそこさえクリア出来るのであれば、我々としてはなるべく多くの人にブルーボトルのコーヒーを楽しんで貰いたいと思っている」

「あの……私からも質問してよろしいでしょうか」

岩崎がか細い声で訊いた。

「はい。何でしょうか」

小野は岩崎の眼を見て、優しく語りかけた。

岩崎は初対面の小野に緊張しているようだった。これではどちらが面接を受けているのか分からない。

「組織の目標と個人のモチベーションが異なるとき、どうすれば良いと思いますか」

「とても難しい質問ですね。モルソン・クアーズ・ジャパン時代、実は私も同じ悩みを抱えていました。まずは対話をして、会社の理念や想いをしっかりと社員に伝えることが大事だと思います。ただ、アメリカの企業では〝同じ船に乗るか、降りるか〟

という言い方をすることがよくありますが、じっくり話し合ってもどうしても理解してくれない場合は、船から降りてもらうということを選択しなければならないと思います。その方がその人のためにもなると思います」

小野もモルソン・クアーズ時代、大きく成長しようとする会社の方針と現状維持を望む現場の社員との間に軋轢が生じ、苦労したことがあった。岩崎の置かれている状況の切実さは痛いほど分かる。

岩崎は小野の話に感じ入ったように頷くと、続けて質問した。

「もう一つ、よろしいですか」

「どうぞ」

「会社の規模が大きくなっていくにつれて、人の育成が追いつかない。そんな経験はございませんか」

「人材の育成ですね。以前リーバイスで働いていた時、店舗での人材育成についていくつか経験しました。お客様へのサービスを重視するのであれば、育成スピードに合わせた店舗開発が重要なのだと思います。特に店長レベルはそうだと思います。ただ、現実には会社の目標や店舗物件の出現状況などで一致しないことが多く、そんな中で進めていかないといけないことも多いのが実情だと思いますが……」

岩崎は頷きながら小野の話を熱心に聞いていた。面接官と応募者という立ち位置なのだが、同じ問題を共有する者同士の相談会のような雰囲気になっていた。

「ありがとうございました。今、ブルーボトルコーヒージャパンは急速に規模を拡大しています。そのこと自体は嬉しいんです。でも、会社の規模が大きくなるにしたがって、どうしても〝美味しいコーヒーを届けたい〟という想いだけではどうしようもない問題が出てきています」

岩崎の質問内容から、小野はブルーボトルコーヒーの現状の大まかな問題点を把握した。そして岩崎がその解決に、経験が浅いながらも必死で取り組んでいる事も理解した。

岩崎は面接官という立場にも拘らず、建前なしで本音の質問をぶつけてきた。そんな実直な岩崎の姿勢に、『この人をサポートしてブルーボトルコーヒーを一緒に盛り上げていきたい』小野はそう強く思った。

「ブルーボトルコーヒージャパンを助けて下さいませんか」

伏し目がちな岩崎が、小野の眼をまっすぐ見据えていた。岩崎の訴えかける眼差しに、小野は自身の思いを更に強くした。

同時に不安が一気に押し寄せてきた。自身のコンサルタント事業のことだ。すでに一社成約しているのだ。二足の草鞋でやっていけるのか。そもそも、二足の草鞋をブルーボトルコーヒーは認めてくれるのか。今でこそ副業を許可する企業は増えつつあるが、当時は副業禁止が当たり前だった。しかし、スタートしたばかりの自身の事業に賛同してくれたクライアントを小野はどうしても投げ出す気持ちにはなれなかった。

「私にできることがあれば精いっぱいやらせて頂きます」

最後は少し曖昧(あいまい)な言い方をした。岩崎の真剣で実直な姿勢を前に『隠し事はダメだ。まずはヘッドハンターの石渡に相談してみよう』小野はストレートに話す決心を固めた。

「本日はありがとうございました。選考結果は後日、私を通して小野さんに通知いたしますので、よろしくお願いいたします」

石渡の締めの挨拶(あいさつ)で、面接は終わった。

小野は石渡が運転する車で帰路についた。小野はしばらく黙って窓の外を眺めていた。

「多分通ると思いますよ」

石渡はおもむろに話しかけた。

「えっ!」

小野は驚いた。通常ヘッドハンターは軽々しく合否の話などしないからだ。

「気弱で頼りなく見える岩崎さんと、いかにもトップビジネスマンのケビンが並んでいると、面接を受ける人はほぼケビンの方を向いて話します。より立場が上の人に気に入られたいと思うのでしょうね。そもそもケビンは目立ちますからね。無意識に注目してしまいますよ。でも、小野さんは岩崎さんの方を向いて話していましたよね」

「そうでしたか」

小野は意識していた訳では無かったが、岩崎に向かって話す時間の方がケビン・ボウマンの方を向いて話すよりも明らかに長かった。

「ケビンは採用する人の条件として『上の立場の私ではなく、現場で一緒に働くことになる岩崎さんをサポートしてくれる人を探している』と言ってました。その条件に当てはまったのは、何十人も面接してきましたけど小野さんだけでしたよ」

「そうなんですか。本当に受かると嬉しいんですけどね」

小野ははにかみながら答えた。

ヘッドハンターは面接者の採用が決定した場合、雇用契約で確定された年収の三割程度をフィーとして受け取る成功報酬型と、サーチを依頼するクライアントと毎月の活動費として定額のフィーを契約するリテーナー型に分かれる。石渡が所属するエグゼクティブサーチファームはブルーボトルコーヒーとはリテーナー型で契約をしていた。

成功報酬型のサーチファームの場合は、功を焦って事前に応募者にクライアントの採用基準を極秘に伝えてしまうことも少なくない。応募者が合格してくれないと彼らの懐には一銭も入らないからだ。

一方リテーナー型は毎月決まった額を支給しなければならないため、採用する側からすると固定のコストがかかる。しかしその分、クライアントの要望に忠実に活動してもらうことが出来るのだ。

石渡なら信用できる。小野はそう判断し、意を決して切り出した。

「実は私は今月から個人事業主としてスタートしているのですが、既に一社、コンサル業務を契約しています。ビール会社ですが、創業の話をした際、すぐに賛同してくれたのです。今から梯子(はしご)を外すようなことは出来ません。副業が難しいポジションだということは重々承知しています。時間的なやりくりはしっかりできますので作業や業務でご迷惑をおかけすることはないと考えていますが、どう思いますか」

さすがの石渡も一瞬面食らったような顔をしたが、すぐに落ち着きを取り戻した。

「どのように両立させるおつもりですか」

いきなり否定から入らずに、まず相手を理解しようという姿勢から入るあたりはさすがに百戦錬磨のヘッドハンターである。

「例えば、平日の五日間はブルーボトルコーヒーの業務に集中し、自分の事業については就業時間後や週末に行います。ただ、クライアントとの会議が平日の日中になる場合、そのときはブルーボトルコーヒーの会議がない時間帯で調整することでいかがでしょうか」

「なるほど」

石渡はしばらく考えて再び切り出した。

「ブルーボトルコーヒーへの想いですが、本音のところはどうなのですか」

「その想いについて嘘偽りはありません。もし、お力になれるのであれば精いっぱい働かせて頂きます」

小野は再び面接から受けた印象を熱く語った。

「わかりました。このお話を伝えるのはすべての面接が終わった後にしましょう。私の方から先方にお伝えしますので、小野さんは面接の突破に集中してください」

「了解しました。ありがとうございます」

小野は石渡に大きく一礼した。

「多分、大丈夫だと思いますよ」

石渡は微笑みながら返した。

翌々日。石渡から一次面接突破の報が届いた。小野はブルーボトルコーヒーの創業者であるジェームス・フリーマン氏の二次面接に進むことになった。

石渡からは、顔合わせ程度の意味合いだと聞かされていた。しかし面接の最中、思わぬピンチが訪れた。

「小野さんはどんなコーヒーが好きですか」

『えっ！　どうしよう。コーヒーの種類なんて気にした事ないぞ』

面接の最中、フリーマンが放った一言に対する返しの言葉が思いつかなかったのだ。

小野はコーヒーが大好きだ。まずは一杯のコーヒーで仕事をスタートする。ストレスが溜（た）まった時や徹夜で仕事をする際など一日に十杯も飲むこともある。しかし、そのコーヒーの種類など気にしたことはなかった。

「トアルコ　トラジャです」

小野は咄嗟（とっさ）に、そう口にした。論理的な思考の結果ではない。頭にふと〝トアルコ　トラジャ〟というワードが浮かんだのだ。

「トアルコ　トラジャ？　何ですか！」

フリーマンは驚いた。世界中のコーヒーを知り尽くしたフリーマンでも、聞いた事がない種類だったのだ。

「私が普段行きつけにしている喫茶店で出しているコーヒーです。幻のコーヒーなどと言われているようです」

小野が咄嗟に「トアルコ　トラジャ」と答えたのには理由があった。普段はコーヒーの種類など気にしない小野だが、喫茶店のメニューに、デカデカと〝トアルコ　トラジャ〟と書いてあったのが印象に残っていたのだ。

小野は〝トアルコ　トラジャ〟がどんなコーヒーなのか詳しくは知らない。しかしメニューに目立つように書かれていること、値段が一番高いことからも、一番美味しいのだろうといつもそれを注文していた。

ちなみにトアルコ　トラジャはインドネシアから輸入されているコーヒー豆だ。古くはインドネシアがオランダに統治されていた時代から栽培されており、オランダ王室御用達のコーヒーで、欧州の王侯貴族たちに愛されていたという。

第二次世界大戦が始まると、農園は荒れ果てコーヒー豆は生産されなくなっていた。一九七〇年代に伝説のコーヒーを復活させるという名目の下、日本の木村コーヒー店（現キーコーヒー）が設備投資をして復活させたのである。現在では同社の作った現地法人が製造、輸出を行っている。

「幻のコーヒーですか。それは凄いですね。日本にはまだ私の知らないコーヒーがあるんですね。どんな味ですか」

「そうですね。とても香りが良く深い味わいの美味しいコーヒーです」

小野にはコーヒーの知識は一切無い。しかし自身の知らないコーヒーの味を堂々と語る小野を見たフリーマンは、小野を相当のコーヒー通だと誤認した。

「私も是非飲んでみたいなぁ」

フリーマンは終始笑顔だった。小野の機転のお陰で面接は終始和やかに進んだが、最後にフリーマンは表情を引き締め、小野に語りかけた。

「今日は色々な話をしてくれてありがとう。小野さん、今ブルーボトルコーヒージャパンは経営規模が急速に拡大して、組織の方が拡大に追いついていません。岩崎たちは美味しいコーヒーを日本の消費者に届けるために頑張っています。どうか彼女たちを助けて下さい」

「分かりました。全力で取り組みたいと思います」

小野とフリーマンは固く握手した。

無事、創業者面接をクリアした小野は、改めて石渡に頼んだ。

「例の件、よろしくお願いします」

「了解しました。うまく話してみます」

二十二日。石渡は小野に内定の知らせの電話をかけてきた。

「おめでとうございます」

「ありがとうございます。副業は、問題無かったですか」

「ハッハッハ。やっぱり問題ありましたよ。でも、最後は小野さんのお人柄が決め手になったようです。条件付きですが、副業も認めてもらいました」

電話口で明るく笑う石渡の声を聞いて、小野がどれだけ安堵(あんど)したかわからない。

「小野さんの副業の件を知っているのは、創業者のフリーマンとケビン、そして岩崎さんの三人だけです。条件はこれ以外の人には絶対に口外しないこと。そして、メディア等への露出の際は、個人事業の会社名ではなく、必ずブルーボトルコーヒー社の代表として出演することをお願いしたいと言っています。問題ありますか」

「問題ありません。約束は必ず守ります」

「ありがとうございます。ブルーボトルコーヒーのスタッフの皆さんは、本当にコーヒーと会社が大好きな人ばかりです。先方としては、会社を導くリーダーがブルーボトルコーヒーのことなど考えていないと思われることを一番心配しています。この点だけはくれぐれもお願いしますね。おめでとうございました」

電話を切った後、小野は石渡の仕事ぶりに感嘆した。本当にいいパートナーに巡り合えたときの転職は、安心して自分を委ねることができ、自身のステップアップのチャンスを広げることが出来るのだ。

小野と石渡はこれを機会にお互いを信頼し、定期的に連絡をとる関係になった。そして、社員を第一に考えるブルーボトルコーヒーの文化は、小野のその後の経営に対する考え方を大きく変えていくことになる。

2

九月二十五日。小野はブルーボトルコーヒージャパンの取締役兼最高責任者に就任した。

社の一員となった小野がまず行ったのは、ブルーボトルコーヒーの成り立ちや拘(こだわ)り、ブランディングの方向性を徹底的に調べ上げる事だった。

〝ブルームーン〟でキース・ヴィラ氏と一緒に仕事をした経験から、バックボーンを知らなければ彼らの納得する経営戦略は立てられないと思ったからだ。

〝ブルームーン〟は小野が五年前にメジャーリーグのコロラド・ロッキーズの野球観戦時に出会った地域限定のクラフトビールである。小野は徹底した温度管理を要する〝ブルームーン〟の輸入にこぎつけ、〝一味違う高級ビール〟として成功させた経験があった。

ブルーボトルコーヒーはアメリカ・カリフォルニア州に本社を構えるコーヒー製造販売企業だ。日本支社は一号店がある清澄白河ロースタリー&カフェの二階に本社を構え、当時の社員数はバリスタを含め百七人（契約社員・パートを含む）。小野が入社した二〇一七年九月からネスレグループの一員となった。

ブルーボトルコーヒーはバリスタの手で一杯一杯丁寧に淹れて提供するという拘りの強さが最大の売りだ。そんなブルーボトルコーヒーが最初の海外進出先に選んだのが、日本だった。

なぜ日本が選ばれたのかというと、創業者のフリーマンが日本の喫茶店の雰囲気や文化に感動し、それをアメリカナイズした結果生まれたのがブルーボトルコーヒーだったという創業時の経緯があったからだ。

フリーマンにとってブルーボトルコーヒーの日本進出は、いわば喫茶店文化の本場への挑戦であり、悲願であった。

そんなフリーマンは二〇一五年二月六日に日本への進出を果たした。

一般的に飲食店の出店場所は念入りに立地条件の下調べをし、利益が出そうな所にする。しかし、フリーマンは自身の感性で決めた。

フリーマンが一号店の出店場所に選んだのは新宿や渋谷、銀座などのメジャーな駅の近くではなく、都心からやや離れた江東区にある清澄白河だった。清澄白河は隅田川のほど近くにあり、清澄庭園や東京都現代美術館などがある文化的な界隈なのだ。

ブルーボトルコーヒーのブランドイメージとマッチするとフリーマンは考えた。他にも現実的な問題として、焙煎工場とカフェを並列出来る土地を確保しなければならず、都心よりもやや離れた所に出店した方が都合が良いという事情もあった。

また、フリーマンの故郷であるオークランドと同じような広い空が魅力的だった。一号店を出すならここしかなかったと、フリーマンは後に語っている。

飲食事業の新規出店としてはかなり感覚的な決め方をしたのだが、結果的にこの判断は大成功し、初日は四時間待ちの行列ができた。清澄白河はこれをきっかけに〝コーヒーの街〟として認知されるようになり、大小様々なカフェが立ち並ぶ激戦区になった。清澄白河におけるカフェブームの火付け役として、ブルーボトルコーヒーの名が知れ渡ったのは言うまでもない。

清澄白河店の大ヒットを受け、ブルーボトルコーヒーは絶好調で店舗数を伸ばしていった。小野が入社した時点では清澄白河店、青山店、新宿店、中目黒店、六本木店、そして品川店の六店舗があり、更に七店舗目として三軒茶屋への出店が決定していた。

小野が入社して、最初の大仕事が始まった。それは八店舗目となる予定の京都店の立ち上げを統括することだった。

十一月一日。フリーマンが京都店の候補地視察のために来日した。フリーマンは同行者として小野を指名し、二人で京都に向かった。

京都店の候補地は南禅寺の参道沿いにあり、そこには京の町屋が並んでいた。

「ワーオ！　なんて美しい場所なんだ。空気も美味しいし、景観も素晴らしい。ここを候補地に選んだ君たちの判断は、間違いなく正解だ」

「ありがとうございます。ここなら人通りも多く、集客も見込めるかと思います」

小野はほっと胸を撫でおろした。この場所は観光客も多く訪れるので、フリーマンが出店場所をここに決めてくれれば集客がしやすいと考えていたからだ。

十月二十七日に七号店の三軒茶屋店がオープンしたばかりだったものの、ブルーボトルコーヒーにしては珍しく客入りが悪かった。店そのものの質は高いのだが立地が悪いのが原因だった。京都店が三軒茶屋店の二の舞になる訳にはいかない。

「京都の古風な町屋は初めて見たが、とても美しい。この町屋をそのまま活かすという日本チームのアイデアは、本当に素晴らしいよ」

当時、京都では清水寺へ続く二寧坂にスターバックス コーヒーが伝統的な日本家屋を使用した店をオープンして話題になっていた。普通に和風の店づくりをしても二番煎じにしかならないと判断した小野ら日本チームは、京都の町屋をそのままリノベートする形でカフェとして運用するという案をフリーマンに提言していた。

伝統的文化を後世に残し、カフェと融合させるという小野らのコンセプトはフリーマンの感性と一致した。

十一月五日に京都店出店のためのプロジェクトチームが結成された。小野が直接リードする最初の出店プロジェクトだ。メンバーは小野を含め十二人。

開店予定日は二〇一八（平成三十）年三月二十三日。プロジェクトチームは一丸となり京都店出店に向けて準備を始めた。しかし、いきなり大問題が発生した。

十二月一日。小野の右腕で店舗開発担当の遠藤秀一が、慌てた様子で小野の元に飛んで来た。

「大変です。小野さん」

「どうしたんだ」

遠藤は三十代半ばで、学生時代はバスケットボール部に所属していたバリバリの体育会系なのだが、理知的で論理を重要視する性格で小野と馬が合った。

普段は冷静な遠藤が取り乱す様子を見て、小野はただ事ではないと悟った。

「京都店として使用する家屋の耐久性が、現在の設計図が求める基準値を大幅に下回っているのですが、その補強にかかる費用が……」

遠藤は小野に一枚の紙を手渡した。小野に負けない程の長身で端整な顔立ちの遠藤だが、この時は消え入りそうな程頼りなく小さく見えた。

「これはまずいな」

小野も改装費用の見積もりを見て、絶句した。

「何とか安く抑える方法は無いのか」

「妥協した店舗を出すわけにはいきませんので、致し方ないかと……」

小野は違和感を覚えた。耐久性の問題なので予算を削る訳にはいかないという言い分は分からないでもないが、ビジネスとして採算が取れない額の改装費を「致し方ない」で済ませていいのだろうか。

「これじゃあ客入りが良くても赤字になるぞ。改装費を安く抑える方法は本当に無いのか」

「…………」

遠藤は黙り込んでしまった。遠藤だけではない。その場にいる誰もがうつむいていた。

小野はその時、岩崎の話していたブルーボトルコーヒージャパンの問題点を思い出していた。「売上げは高いにも拘らず、赤字からなかなか脱することができない」

「もしかして、毎回こんな調子で予算を決めているのか」

「いいえ。ここまで改装費がかかるケースは初めてです。普段からコストはシビアに見ていますが、今回は……」

「デザイン費を含めた新店舗の施工費はどういう基準で予算化しているんだ」

「ウチと懇意にしている建築デザイナーと施工業者がいるのですが、彼らの見積もりを項目ごとに一緒に見ながら、削れるところがないかしっかり精査して決めています」

「売上げ予測をもとに、事前に基準を設けて、デザイン会社や施工会社にその枠内でブリーフしているわけではないのか」

「良い店舗を作ることが第一なので、まずはデザインの要望を伝えて彼らから見積もりをもらうことにしています」

小野は絶句した。ブルーボトルコーヒージャパンには利益を出すための明確なコスト基準が存在していなかったのだ。ブルーボトルコーヒー本社の常にベストなものをお客様に届けようというカルチャーがそのまま素直に浸透しているともいえるが、小野の感覚では異常事態である。小野はまず自分が貢献しなければならない領域は、採算性が見込める店舗開発のモデルを作ることだと確信した。

「確かに常に最高のサービスを提供しようとするブルーボトルコーヒーの理念は素晴らしい。だが利益が出なければ店は存続できず、長期的にお客様へサービスを届ける事が出来なくなる。大事なのはバランスだ。利益を出せる範囲内で、最大限お客様に満足して頂けるように工夫することが必要なんじゃないのか」

小野の話を聞き、遠藤は少しの間考えると、頷きながら答えた。

「バランスですか。確かにそうですね」

遠藤は姿勢を正し、小野に言った。

「施工会社に事情を伝え、交渉してみることにします。どこまで安くできるか分かりませんが、少しでもコストを減らすように努力してみます」

　遠藤はその日のうちに施工会社のアポを取り付け、その後も何度も粘り強く交渉した。

　結果、工事自体が難しいということもあり、高額には違いないながらも当初の予定よりかなり抑えられた金額に落ち着いた。

　それでも赤字見込みだったが、小野は京都店に関しては関西（かんさい）での象徴的な店舗という位置づけにしていたこともあり、採算度外視で進める覚悟は出来ていた。

　関西でのブランディングに成功すれば、店舗単位で見れば赤字でも総じて利益が取れる。〝ブルームーン〟の時に考えていた作戦と同じだ。

　こうして遠藤が建築予算の交渉に奔走していた中、十二月十七日に今度は別の問題が発生した。

　店舗運営においてもっとも重要な店長の選定で、各チームの意見が対立したのだ。

　店長にはコーヒーへの愛情や知識・豊富な経験が必要だと考えるロースターやトレーニングチームの意見、対外的なコミュニケーションを含めたお店の顔としての要素を重視するPR・イベントチーム、さらには新しい地域で業績を残せる強いリーダーシップを求める一方で既存店からの引き抜きを阻止したいカフェオペレーションチームの考えなど、それぞれの思惑が絡み合った結果、店長を決める事が出来なくなっていたのだ。

全てを満たせる店長候補は現在のメンバーの中にはいなかった。そんな中、店長の決定権は最も立場のある小野に任される事になった。

十二月二十日。小野は店長問題にケリをつけるべく、岩崎と話をした。

「京都店の店長の件で相談があるのですが、お時間いただけますか」

「私もちょうどその話をしようと思っていました。社員たちからは既にいろんな意見を聞いていますが、小野さんの意見を聞かせてください」

「関西は初出店です。これから関西に店舗を拡大していくのであれば、私は店長としての強み以上にブルーボトルコーヒーのカルチャーをしっかり植え付けることが出来る人材である事が重要だと思うんです。心当たりはありませんか」

「現在休職中ですが、新宿店のシニア店長を経験した前川信也という者がいます。彼はブルーボトルコーヒーの創業メンバーで、カルチャーの伝達という意味では適任だと思います」

「何か問題があるのですか」

「前川は十二月まで休職中で、一月に復帰する事が決まっています。復帰後の働き方は未定ですが、急に京都に転勤となれば、下手をすれば会社を辞めかねません」

「そうですか。話を聞いてみるしかないですね。他に店長候補はいませんし、説得するしかないでしょう」

京都店の開店予定日は三月二十三日。ギリギリだ。小野の額に脂汗が滲んだ。

二〇一八年一月五日。小野は復職した前川と話し合いの場を設けた。

「初めまして、小野さん。前川です。よろしくお願い致します」

前川は三十代後半。それほど背は高くないが、胸に厚みのあるがっしりした体格だ。大きな身体をのっそのっそと揺らしながら猫背でゆっくり歩く様は、学生時代に野球でセカンドを守っていたというイメージとは程遠い。どちらかと言えばラグビー選手に近い印象だった。

「初めまして、前川さん。昨年九月、取締役に就任した小野です。早速のお願いですが、新規出店する京都店の店長に前川さんを任命したいのです」

「その件は申し訳ありませんが、お断りさせて頂きます」

前川はきっぱりと告げた。事前にそれとなく情報を得て、家族ともすでに話し合っているようだった。それにしても、社長直々の人事をここまできっぱり断る人物は珍しい。

「何か事情があるんですね」

小野はその様子から、何か大きな事情がある事を察した。

「つい最近、娘が生まれました。娘と妻を置いて、京都に行くわけには参りません」

小野は事情を聞いて、前川の気持ちに共感した。小野もビジネスマンである前に一児の父だ。仕事と家族、どちらを優先するかと言われれば家族と答えるだろう。

しかし、前川に断られれば京都店の店長を務められる人材がいない事も事実だった。

「京都で子供を育てるという訳にはいきませんか。私はこの前京都店の視察に行きましたが、静かで緑も多く、子供を育てるにはピッタリの場所だと思いました」

「わが家は共働きなので、祖父母と協力して子育てを行っています。妻も今の仕事にやりがいを感じています。京都に行くとなれば妻は仕事を辞めなければならないでしょう。それは嫌です。どうしてもというならば、私が会社を辞めて転職します」

前川の意志は固かった。

しかし話を聞いて小野はより一層、この男に京都店の命運を託したいという気持ちが強まった。家族の事を第一に考える前川のことを小野は気に入ったのだ。

「私にも二人の子供がいます。長男が小さかった頃は仕事が忙しくて、息子に顔も覚えて貰(もら)えませんでした。たまに家に帰ると『パパ』じゃなくて『おじさん』って呼ばれたんです。それが悲しくて辛(つら)くて。その時どんなに仕事が忙しくても、家族との時間だけは大切にしようと思いました」

「…………」

「もし前川さんが京都に単身赴任してくれるなら、週に一度は会社負担で東京に帰れるように致します。どんなに店が忙しくてもです。店長に負担がかかり過ぎないよう、全社を挙げてサポートする事をお約束します」

「…………」

「前川さんに、私と同じ悲しみは絶対に味わわせません」

ブルーボトルコーヒーにその時はまだ明確な単身赴任規程がなかったことが幸いした。通常の会社では単身赴任する際の条件は、人事規程として明文化されているため特定の個人だけを特別扱いすることは難しい。

この時の小野の柔軟な対応は、前川の心を少しずつ溶かし始めていた。

「店長に依存しないオペレーションって、本当に可能なんですか」

前川は飲食店における店長の重要性と多忙さを肌身で知っていた。シフト上は休みでも、少しでも問題が発生すれば休日は無くなる。それが飲食店店長の現実だった。

「私が責任を持って実現させます」

小野の力強い言葉を聞き、前川の気持ちが揺さぶられた。

「京都店はブルーボトルコーヒーにとって大きなチャレンジです。関西という全く新しい土地にブルーボトルコーヒーの文化を根付かせる事が出来るか、また地域の文化財をそのまま活かす店づくりは未知数の部分も多い。だからこそブルーボトルコーヒーの創業メンバーとして、ゼロから道を切り拓いてきた前川さんの力が必要なんです」

「…………」

「子供が出来て、守りに入りたくなる気持ちは痛いほど分かります。でも子供が出来たからといって挑戦する事をやめてしまうのはもったいない。今は仕事か家庭かどちらかを諦める時代ではありません。今回の挑戦と育児の両立に必要な環境は我々が全力で整えます」

「そうですね。私は少し守りに入っていたのかもしれません」

前川の挑戦者としての心に火が灯った。

「受けて頂けるのですか」

「週に一度、必ず休暇が取れて自宅に戻れるのなら、単身赴任も悪くないかもしれません」

「はい。約束致します」

小野は前川の手を強く握った。

3

一月二十日。京都店の店長問題が解決したこともあり、ようやく現地でのリクルーティングがスタートした。

しかし、採用は難航していた。店舗の場所が京都の中心から少し離れていることもあり、なかなか基準に見合う人材が集まらなかった。

小野はこのままではオープンに間に合わないと判断し、東京からも派遣する方針に切り替えることにした。

これは前川の任期を最大でも二年と設定したことも影響していた。二年後に前川が離れても店が回るように、ブルーボトルコーヒーのカルチャーを着実に継承していかなければならないからだ。

幸いなことに、東京からの転勤希望者は多かった。京都店はブルーボトルコーヒージャパンでもかなり〝ブルーボトルらしさ〟が詰まった店なので、そのような象徴的なカフェで働きたいと願うバリスタが少なくなかったのである。しかし、各店舗から優秀な人材を引き抜くことになるため、小野はその調整に奔走することになり、自らの休みを返上して働いた。

小野の仕事は社内の調整にとどまらなかった。専門のマーケティングである。

小野は京都店のプロモーション戦略として、地域に根付かせることを第一に考えた。地元・南禅寺地域の住民を大切にしなければ、愛される店にはならない。そのためにはまず、毎週の地域の清掃活動にオープン前から参加することにした。

スタッフたちはこのことでより地域の人たちと打ち解けて、地域に密着した店づくりの下地となった。

次に京都市への理解を深めるために、小野は京都市長の門川大作（かどかわだいさく）らと面談を重ねた。門川は和の文化を好み、京都の文化財伝承に向けた取り組みを行っていた。

また、門川は小野に、京文化を世界に広めたいという自身の野望を熱っぽく語った。門川にとってアメリカの企業ながら地域密着志向の強いブルーボトルコーヒーの京都出店は渡りに船で、ほどなく全面的なバックアップを約束してくれた。

門川の熱意のある話を聞き、『京都の文化を世界に広げるお手伝いをしたい』と強く思った小野は、後に京都の抹茶文化をアメリカで広めるために、米国ブルーボトルコーヒー本社の協力を取り付けることにも成功した。

こうして地域住民の協力も得て、着々と開店準備は進んでいった。しかし、小野が担当する初めての店舗という事もあり、トラブルは絶えなかった。

二月中旬。小野はファイナンス担当の宇月咲（うづきさき）と開店に向けての会議をしていた。

宇月はまだ二十代前半の女性だが、優秀なファイナンス部員で小野も一目置いていた。見た目も可愛（かわい）らしく、社内ではアイドル的な存在だった。

「店舗に飾る生け花は、どうされますか」

宇月との会議中、小野は予想外の質問をされ驚いた。そんなものは店舗開発の段階で現地の業者に頼むものと思っていたのだ。

「えっ。そういうのは現地の業者に頼んでるんじゃないの」

「お店に飾る生け花は店舗デザインの一部なので、岩崎さんの許可を得ないと決定出来ないんです」

「何だって」

小野はこの時初めて、ブルーボトルコーヒーの文化にとって店頭の生け花が重要な要素であることを知った。

「いつもは岩崎さんが直々に決めているのですが、岩崎さんは今どちらにいらっしゃいますか」

「まずいな。岩崎さんは今アメリカにいる。今から彼女に探してもらう訳にもいかないな」

「えっ！　アメリカですか。お店に飾る生け花は岩崎さんの感性で決めていたので、彼女無しで決めるのは難しいですね。しかも関西初出店の京都のお店ですからね」

「他にお花に詳しいスタッフはいませんか」

「スタッフの中では多分、私が一番お花に詳しいかと思います」

宇月の趣味は生け花で、華道の知識があった。しかし、それはあくまで趣味の話で、ブルーボトルコーヒーにとって大切な店先の花を決めるのは宇月には荷が重かった。

「岩崎さんには事情を話して、責任は全て俺が持つ。だから頼む。一緒に花屋を選んでくれないか」

ここまで確認しなかったのは自分の責任だ。ファイナンスという全く関係ない部署の担当である宇月の仕事を増やすのは心苦しかった。

しかし小野には花の知識は全くなく、当てもなかったので宇月に頼る他なかった。

宇月は東京で付き合いの深い座間アキーバというフラワーアーティストに連絡し、ブルーボトルコーヒーの感性に合いそうな京都の生花店を三店ほど紹介してもらい、アメリカ滞在中の岩崎にメールで提案した。

小野は岩崎に、責任は全て確認を怠った自分にあると謝罪した。岩崎は生け花の重要性をあらかじめ説明しなかった自分にも非があると反省し、逆に小野に説明不足を謝罪した。

岩崎は三店舗のうち一つを選んだのだが、オープニング用の生け花が気に入らなかったらしく、すぐに別の業者に変更した。

小野は後に京都店開店に伴う様々なトラブルの中でも、もっとも責任を感じたと語っている。小野はマーケティングの専門家でありながら、ブランディングを十分に管理できなかったことを恥じ入った。

様々なトラブルに見舞われたものの、ブルーボトルコーヒー京都店は二月二十日にスタッフが現地入りしてトレーニングを開始した。いよいよ開店の日が迫ってくる。

そんな中、二月二十五日に事件が発生した。

電圧が不安定になり、コーヒー器具の作動に影響が生じたのだ。電圧を安定させるためには電気工事が必要だった。

その報告があったとき、小野以下現地のスタッフたちは動揺を隠せなかった。工事となれば近隣住民の同意が必要になる。オープンを先延ばしにすることも考えられたが、プレスリリース第一弾は二月八日にすでに発表していた。

そのような状況下で、社内会議が開かれた。

「小野さん。本当に申し訳ありません。この件は全て私の責任です」

「遠藤だけのせいじゃない。ただ、こうなった以上何か打つ手を考えないといけないな」

「ディベロッパーである大丸松坂屋百貨店とは、長年の付き合いがあります。大丸松坂屋百貨店と、南禅寺の地元住民との話し合いの場を設け、理解を得られるよう私が説得します」

「大丈夫か」

「はい。もともと設備関連は私が責任者です。自分の落ち度は自分で始末させてください。お願いします」

「分かった。遠藤を信じるよ。全て任せたからな」

遠藤はとても頭の回転が速く、なにより仕事に対して誠実な男だった。

それからわずか五日後、遠藤から小野の元に電話が届いた。

「もしもし遠藤か。工事の件は何とかなりそうか」

「はい。南禅寺の組合から工事の許可をもらいました」

「本当か。凄いな。急な工事となれば地元住民の反発は十分あり得ると思っていたんだ」

「快く協力してもらえました。毎週の清掃活動にスタッフが参加して地域に溶け込んでいたことが幸いしました」

「そうか。本当によくやった。今すぐ工事に取り掛かれるのなら、予定日に間に合いそうだな」

「はい。絶対に間に合わせます」

こうして遠藤の指揮の下、電気工事に着手した。工事は順調に進み、三月四日には店舗として運用出来る状態になった。

第二弾のプレスリリースが翌日で、そこで具体的な場所や商品、デザインイメージを発表する手筈になっていたので、本当にギリギリのスケジュールだったと言える。

切羽詰まったスケジュールには慣れていた小野だったが、この時ばかりは生きた心地がしなかったという。それだけに、プレスリリースが無事に発表された時には涙がこぼれた。

三月二十日。全てのトレーニングを終え、オープンの準備が完了したと店長の前川から報告があった。

二十二日には南禅寺地域の住民たちを招待するプレオープンイベントを開催することが決定した。京都店開店に協力してくれた地元の人たちに、少しでもお礼がしたいという前川ら現場スタッフの意向だった。

プレオープンイベントは無事開催され、翌三月二十三日。米国本社からブライアンCEOが来日し、門川京都市長を招いてのオープニングイベントが開催された。

多数のメディアが集まる中、ブライアンCEO、門川市長、日本支社代表の小野をパネリストにトークセッションが行われた。まず門川市長が京都の文化伝承とブルーボトルコーヒーへの期待を述べたのち、ブライアンはブランドへの想いとブルーボトルコーヒーがこれまでアメリカ、そして東京で行ってきた活動を報告した。最後に小野が日本支社の今後の戦略として関西への拡大について発表した。

この発表はメディアに大きく取り上げられた。トークセッション後、メディア関係者にカフェを体験してもらった。東京で人気のブルーボトルコーヒーとはどんな店なのか、という事が関西で一気に報じられた。

そして翌三月二十四日。一般客を入れての正式なオープンという運びになった。当日は三時間半待ちの状態が続き、閉店時間になっても客の列が途切れないほどであった。

ブルーボトルコーヒーの文化が関西に受け入れられるか開店当日まで不安を抱いていた小野だが、開店前の行列を見て、ようやく肩の荷が下りたという。

メディアも多数訪れ、前川店長の下、新しい関西チームの船出は華やかなものとなった。

南禅寺の三門周辺は、三月後半から四月初旬にかけて美しい桜の花が咲き誇り、多くの観光客で賑わう名所だ。

京町屋と桜並木の景観は訪れる人々を魅了した。大勢の観光客が来店するため、この時季の京都店の売上げはブルーボトルコーヒージャパンの収益に大きく貢献した。

独特な雰囲気の中で京町屋と融合した新しいカフェは地元のみならず、大阪や神戸からも多くの人々が訪れた。さらに観光シーズンには関東圏や海外からの来訪者をも魅了した。

特に、お花見や紅葉シーズンには東京からヘルプが行かないと店を回せないほどの人気ぶりであった。京都店は単一店舗で年間二億円程を売り上げて、ブルーボトルコーヒージャパンでも屈指の好スタートを切った。

当初、赤字を見込んでいた小野だったが、高すぎる諸経費を差し引いても黒字になったのは言うまでもない。〝ブルームーン〟に続き、小野は『本当に良いものを提供する大切さ』を改めて胸に刻むことになった。

ブルーボトルコーヒージャパンはその後、大丸松坂屋百貨店と手を組み関西へ本格的に進出した。京都店の成功を受けて、他の地域でも協力することになったのだ。

ブルーボトルコーヒージャパンの関西での快進撃は続いた。第二弾として神戸へ出店するとその店も瞬く間に人気店となり、二〇二二（令和四）年四月現在では関西で七店舗出店している。

小野を始めとするスタッフたちの働きによって、ブルーボトルコーヒーの想いが関西の人々にも受け入れられた結果だった。

小野はこのプロジェクトを通して、ビジネスに年齢は関係ないということを学んだ。ブルーボトルコーヒージャパンは岩崎を始め、ほとんどが四十歳以下の若い社員で構成されている。京都店のプロジェクトチーム十二人のうち、四十を超えているのは小野ただ一人だった。

そんな若者たちの優秀さに、小野は驚かされた。会社の方針やブランドがしっかりしていれば、若者たちは自分たちの意見を出し合い、議論を尽くして良い仕事をする。仕事を成功させるのに年齢は関係ない。年齢や経験不足などを問題にしているのは会社側なのだと感じた。

以降、小野は若者がやりがいを持って働ける会社を作りたいと思うようになった。

ブルーボトルコーヒーの関西進出の成功が、米国ブルーボトルコーヒー本社に与えたインパクトは大きかった。そしてそれが、小野らブルーボトルコーヒージャパンの面々にとって最大級の、一大プロジェクトへと繋がっていく。

第六話　挑戦はつづく

1

二〇一八(平成三十)年六月三十日に小野健一は〝日本仕事百貨(にほんしごとひゃっか)〟というウェブサイトの取材を受けた。

きっかけはブルーボトルコーヒージャパンの規模拡大に伴う求人募集だった。このサイトは求人情報が主であるが、コラムやイベント情報なども掲載している。求人募集を行う際に経営者の声を一緒に載せた方が、よりブルーボトルコーヒーの想いや文化に共感する応募者が集まるのではないか、という人事部の意向だった。

掲載記事はインタビュー形式で七月二日のウェブサイトに掲載された。小野はブルーボトルコーヒーについて以下の通り語っている。

――他のコーヒーショップと比べると、お店の数は少ないようにも感じます。

「私たちは、一つひとつの土地をじっくり選んでいるんです。地元の人たちとコミュニケーションをとって、地域に溶け込み、共に成長していけると思う場所を選んできました」

――そういう空間で飲んでもらうからこそ、コーヒーは美味(おい)しくなるんですね。

「はい。コーヒー豆本来の味を最大限引き出すことが、美味しさにつながると考えています。そのためには、豆そのものをきちんと知って、農園で働く人のことも理解する必要があるんです」

――小野さんは、いくつかの外資系企業を経験した後、半年ほど前に取締役に就任しました。ほかの会社とブルーボトルコーヒーに、何か違いはあるんでしょうか。

「そうですね。私はこの会社の特徴は、〝ファミリー感〟だと思っています。創業者のジェームスから始まり、スタッフみんなが同じ価値観を共有している。それに向かって一緒に楽しいことをやっていこう、美味しいコーヒーをつくっていこうという雰囲気が、すごく強い会社だと思います」

この記事が掲載された後、小野のもとに一通のメールが届いた。

〝久しぶりに飲まないか〟

送り主は、小野がかつて働いていたアンダーセンコンサルティング（現アクセンチュア）時代の上司で、小野と共に地獄のようなスケジュールのデスマーチを乗り越えた跡部徹だった。

七月十三日に小野は跡部と渋谷の居酒屋で落ち合った。

「久しぶりだが変わってないなぁ」

「お久しぶりです。跡部さんちょっと雰囲気変わりましたか」

　跡部はアンダーセンで共に働いていたあの頃と体型こそ変わらないが、〝天才〟と呼ばれていた当時の鋭さは抜け、表情も穏やかだ。

「そうかな。アンダーセンでギリギリの仕事を繰り返していた頃よりは、だいぶ余裕があるかもしれないな」

「お仕事は今何を？」

　小野は跡部がアンダーセンの役員を辞めた後のことを知らなかった。

「最近セキュリティ関連の会社を立ち上げたんだ。これからは警備の需要が高まると思っていたからな。まだ黒字化できてないが、これから伸びていくという確信があるんだ」

　跡部は今の仕事を熱っぽく語った。

「楽しそうですね」

「まあなぁ。アンダーセンの頃よりやりがいは感じてるよ。そういう小野君こそ大活躍じゃないか。インタビュー記事を読んで感動したぞ」

「そんなに凄いことは言ってないと思いますが」

「小野君は一緒に働いている頃から、数字至上主義のアンダーセンには合ってないと思ってたんだ。良くも悪くもお客さんに寄り添い過ぎるし、なんでも一人で抱え込むからな」

小野は小首を傾げた。

「そうでしたかね」

「アンダーセンにずっといたら、いつか潰されるだろうと思っていた。あの頃は君に辞められたら俺が困るから口には出さなかったけどな。今は、自分に合う仕事を見つけたみたいじゃないか」

「いつか起業したいと思っているんですけどね」

この時の小野は一応個人事業主としての仕事は続けているものの、あくまで収入のメインはブルーボトルコーヒーからの給料である。また、ブルーボトルコーヒーとの契約上、個人事業主として仕事をしていることは軽々に口に出してはいけないことになっていた。

「ブルーボトルの会社としての特徴は、ファミリー感だと言ってたよな。俺はあの記事を見て、君と一緒に働いていた時のことを思い出したんだ。短い睡眠時間しか取れない中で、小野君は誰よりもお客さんのために働いていた。論理的思考力もそうだが、共感力の高さが君の一番の強みだったんだよ」

「そんなふうに思ってくれていたんですか」

小野は少し照れ臭そうにうつむいた。

「インタビュー記事を読んで、俺も小野君を見習わなければいけないと思ったんだ。

社員に対して、家族のように接する。社員を大切にすれば社員も会社を大切にしてくれる。たしかに人情でやっている部分も大きいだろうけど、俺は理に適った考えだと思ってるよ」

小野は跡部と話をして、改めてブルーボトルコーヒーの社風の素晴らしさを感じた。それと同時に、自分が本当に社員一人一人に家族と接するように接しているだろうかと不安にもなった。

小野は人情派だが、良くも悪くも数字で評価されるシビアな外資系企業を二十年以上渡り歩いて来たビジネスマンだ。〝人を大切にする〟ことは自分よりもブルーボトルコーヒーの社員たちの方が優れているのではないかと小野は思っていた。

「私もついつい数字ばかり追いかけてしまうことがあります。ブルーボトルコーヒーの一員である以上、それだけじゃ駄目だと自分を戒める日々ですけどね」

「俺もそうなんだよ。アンダーセンはシビアだったからな。でも、数字より人を大切にした方が結果として数字もついてくるのが現代のビジネスなんだろうと思うよ。モーレツ社員なんていう言葉はもはや死語だろう。俺たちの時代は周りがそうだったから死に物狂いで働いたものだが、現代の若者は良くも悪くもそうじゃない」

「たしかにそうですよね。ブルーボトルコーヒーの若い社員を見ていると、我々が若かった頃以上に優秀な気がします」

「やっぱり会社に愛着がある奴は強いよ。俺もそういう社員を育てようと、必死に頑張るよ」

天才肌で論理的思考力が武器だった跡部の話を聞き、ブルーボトルコーヒーの経営哲学が実は論理的にも正しいということを改めて実感した。跡部との久々の再会でつい時間を忘れ、その日は終電近くまで話し込んだ。

2

ブルーボトルコーヒージャパンは右肩上がりの成長を続けていた。そんな状況のなか、大きな転換期を迎えた。米国本社が韓国進出を決定したのだ。日本に続き、二か国目の海外進出だ。京都店を始め、日本のブルーボトルコーヒーには海外からの観光客が多く訪れるのだが、中でも韓国からの旅行客が多かったことがきっかけだった。

韓国国内でブルーボトルコーヒーのファンが増えたのは、一枚の写真がSNSに投稿されてからだった。

ブルーボトルコーヒー青山店を訪れた韓国人観光客が撮った〝青いボトルのブランドロゴマーク〟の写真がSNSで話題になったのだ。それ以降、韓国からの観光客の間でそのロゴマークの前で写真を撮るのがちょっとしたブームになり、中には写真を撮るためだけに来日した人もいたという。

韓国では当初、ブルーボトルコーヒーは日本のカフェだと思い込んでいる人がほとんどだったようだ。

韓国での知名度が高くなっていることもあり、初の海外進出を成功させた経験を持っているブルーボトルコーヒージャパンが、韓国進出のプロジェクトチームに参加するのは至極当然のことであった。

韓国の消費者が期待するブルーボトルコーヒーを作り上げるには、日本で成功したブランディングのノウハウが欠かせない。

日本からこのプロジェクトチームに参加することになった主要メンバーは小野、取締役の岩崎愛、そして店舗開発担当の遠藤秀一の三名。さらに米国本社からブライアンCEOもプロジェクトに加わることになった。

九月三日夕刻。小野、岩崎、遠藤そしてブライアンの四人は出店予定地視察のため、韓国に飛んだ。

視察は翌日から始まった。この日は韓国一号店の出店予定地であるソンスの視察だった。ソンスは韓国の首都ソウルの中心から離れた東部にあり、日本人にとってメジャーな地域ではなかったが、古くて新しい街〝ソウルのブルックリン〟と呼ばれていて、カルチャーの発信地として若者を中心に人気上昇中の地域だった。

午前十時過ぎ、小野たちは周辺を観察したが、想像していたよりも静かな街の雰囲気に小野は少し不安になった。

店舗ビジネスの成功において何がもっとも大切かと問われたら、ほとんどの関係者が立地だと答えるだろう。駅前など人通りの多い場所では家賃は高くなるが、多くの来店客を見込むことができる。一方で、人通りが少ない場所は家賃が抑えられる反面、集客には多くの努力が必要となる。要はビジネスモデルとしてどちらにお金を使うべきかという判断なのだが、人通りが多いというのは強みであるため、多くの経営者は確実に集客が見込めるという意味で繁華な場所を選びたがる。

だからこそ、人通りの少ない予定地を目の当たりにした時の判断はとても難しい。ましてや、慣れ親しんだ日本の地ではない。京都店のように観光地という分かりやすい立地でもない。『ソウルのブルックリンは如何（いか）ほどのものなのか』小野は色々思案しながらしばらくその場所を眺めていた。

「人通りがやけに少ないなぁ」

誰に向けるでもなく、小野はポツリと独り言のようにつぶやいた。

「そうですね。ですが、今は午前十時ですから、勤め人はオフィスの中です。朝夕の通勤時間帯はこのあたりは相当人通りがありました。ご心配には及びません」

遠藤が心配する小野を気遣うように言った。

「ここらにたくさんのオフィスがあるんですか。周囲を見渡しても、大きなビルはないですよね。そのようには思えないんですけど……」

岩崎も人通りの少なさを気にしているようだった。

「そうなんです。でも実際に私が来た時は本当に多くの通勤客がいました。どこに消えていくんでしょうねぇ」

不安そうな二人に対し、遠藤は笑いながら答えた。

実は遠藤はこの地に来るのは初めてではなかった。店舗開発責任者として、創業者のジェームス・フリーマンに同行して視察していたのである。

「この辺では起業する人たちが多く、次々と新しい産業が生まれているようです。クリエイティブな企業が多く、建物も新しくてデザイン性もあり注目を集めています。地元のディベロッパーの話ですと、今後もオフィス物件の動きが激しくなるようで、それを嗅ぎ付けた複数の飲食店オーナーが新規出店を積極的に検討しているとのことです。そういう情報の伝達が韓国では特に速いですからね。すでにおしゃれなブティックや美味しいと評判のお店が集まり始めているのですが、今後は飛躍的に増えていくと予想しているようですよ」

「そうだったのか、それなら安心だな」

小野は苦笑いしながら少しホッとした。通常、社長に同行して候補地の視察をする際は、ビジネス上ベストの状態を見せるため、視察の時間帯などには気を配るものである。今回の場合も通勤時間帯を狙って視察し、今の話をしてもらえばなんの不安もなくビジネス上の判断ができたのであるが、ブルーボトルコーヒーの場合は少し違う。ビジネスの成功確率以上に、常にブランドを体現する場としてふさわしい立地か否かを確認してもらうことに主眼を置いているのだ。

韓国の中でも新しく、デザイン性と開放感がある場所に、シンボルのように佇む(たたずむ)レンガ造りの建物も存在した。この近辺であれば、ブルーボトルコーヒーコリア一号店の出店場所としてふさわしいと思えた。

それにしても、立地を見極めるのは本当に難しいと小野は感じていた。

『やはり見かけだけでは分からないな。百聞は一見にしかずと言うが、地元のディープな情報は一見しただけでは得られない。遠藤はよくここまで詳しい情報を集めたものだ』

小野は遠藤のコネクションの広さと情報収集能力は本物だと感心した。本来であれば自分自身も業者からきちんと話を聞いて確認すべき大事なことではあったが、小野は入社当初から一緒に働いてきた遠藤に全幅の信頼を寄せていたのだ。ここで勝負する覚悟ができた。

「なるほど。いいんじゃないですか」

そう言って、小野は岩崎の方を見た。

「私も良い場所だと思います」

ブルーボトルコーヒージャパン一号店から関わってきた岩崎も、韓国での出店イメージが湧いてきたようだ。

「小野も岩崎もこの街を気に入ったみたいだね」

「ミスター・ブライアンはどうですか」

「私も気に入った。レンガ造りの建物は風情があるし、狙った訳ではないがソウルの中心地ではないというのも清澄白河と同じだ。やはりジェームスの感性は信頼できると実感したね」

韓国の出店候補地もまた、創業者のジェームス・フリーマンが自ら選出していた。彼のブルーボトルコーヒー・スピリッツを受け継いだ良い店を作らなければならない。チームは使命感に燃えていた。

一同はライバル店の視察も兼ね、ソンスのカフェで昼食を摂ることにした。

メニューを開くと、小野はコーヒーの値段の高さに仰天した。

「コーヒー一杯九千八百ウォン。日本円で九百八十円ですよ」

「小野は韓国に来るのは初めてか」

ブライアンが訊いた。

「仕事で来たことはありますが、街のカフェに入ったことはありません」

小野はアメリカを中心に海外出張の経験は豊富だったが、韓国などアジアの国々への出張や旅行は極めて少なかった。

「韓国のカフェでは一杯五千ウォン、五百円のコーヒーは当たり前で、一杯一万ウォン以上するコーヒー店も珍しくないですよ」

遠藤が言った。

「そうなのか。凄いなぁ」

「今日は時間もあるし、敵情視察も兼ねてカフェ巡りをしよう。色々なコーヒーを飲めば、小野もより一層コーヒーに詳しくなれるだろう」

ブライアンが提案した。

「そうですね。ありがとうございます」

小野はブルーボトルコーヒーに入社して一年経つが、元々コーヒーに詳しいという訳ではなかったこともあり、コーヒーの知識は他のメンバーよりも乏しい。ブルーボトルコーヒーの韓国進出を成功させるためにも、韓国のコーヒー文化についてもっと知らなければならないと思っていた。

この日、小野たちは五軒のカフェを渡り歩いた。当時の日本では珍しいベトナムコーヒーの専門店があるなど、韓国のカフェ文化は日本よりかなり進んでいると小野は感じた。日本で人気のスターバックス コーヒーも存在した。韓国の財閥系企業と提携して、一等地に続々進出しているということだった。

『韓国ではコーヒーはどのような価値をもっているんだろうか』

小野は一杯千円のコーヒーを普通の若者が楽しんでいる理由が知りたかった。

実はブルーボトルコーヒージャパンも一杯千六百円のコーヒーを出したことがあった。その時は内戦が続くイエメンから、勇気あるファーマーが持ち出した貴重な豆を数量限定で発売するというストーリーで、高額にも拘らずあっという間に完売した。これは希少性の観点からコーヒー愛好者の心に刺さった企画だったことは容易に想像できる。

しかし、韓国では日常的に千円のコーヒーが飲まれているのである。かつての日本のバブル期のように特に経済が好調というわけでもなく、店で出されているコーヒーが希少というわけでもなかった。コーヒーを飲むために他の出費を我慢しているわけでもなさそうだ。小野ははっきりした理由こそ分からなかったが、一方で日本経済との大きな違いを感じた。

現在の日本では価格を下げる競争に慣れ過ぎていて、価値を上げるための努力をする企業は少ない。価格を下げるテクニックは原材料費を抑えた新ジャンルの開発まで含めると、実に多岐に亘っている。消費者も品質が良くしかも安価であることが当たり前のこととして慣れてしまい、品質と価格のバランスが崩れている。結局、巡り巡って日本の企業は自分で自分の首を絞めているのだと思う。

全体として、日本より有利な経済状況にあるわけでもない韓国がしっかり価値を創出することができている。日本が今の経済の停滞から脱却するには、きちんと価値を創出し、胸を張って利益が取れる適正な価格で勝負できる市場を増やしていくことが重要だと小野は考えている。このままいくと、韓国だけでなく、新たな価値をもった世界中の商品と日本は戦っていけなくなるのではないか。

コーヒーの新しい価値を創造しようとしているブルーボトルコーヒーのやっていることは、実は日本の経済復興にとってとても大切な挑戦なのではないか。そんな気がした。

小野はホテルのベッドで、様々な思いを巡らせながら眠りについた。

翌日。小野とブライアン、そして岩崎の三人は二号店の出店予定地であるサムチョンドンに向かった。

サムチョンドンは観光地として有名で、ソンスに比べると外国人の数が多いように感じられた。

ブライアンが訊いた。

「ここが二号店の出店予定地だが、どうだろうか。意見を聞かせて欲しい」

「観光地だけあって、外国の方が多いという印象ですね。おしゃれな飲食店や土産物店も多いので、集客は見込めると思います。一号店がしっかり地元中心でいきますので、二号店としては良いと思います」

小野はここなら売上げの計算も立ちやすいと考えていた。

「母屋(おもや)と離れがあるのが凄く良いですね。新しいカフェ体験を模索していけると思います」

岩崎がそう答えた。

「決まりだな」

ブライアンと岩崎も出店予定地を気に入った。

3

韓国の出店候補地二か所が正式に決定されると、同時に現地メンバーの採用活動を開始した。

最初にしなければならないのが、ブルーボトルコーヒーコリアの社長になる人材の選出だ。すでに米国本社の採用チームが社長候補を十人選定していた。

岩崎と小野が採用会議に加わり、十一月二日に全員の面接を実施し、社長候補を二名に絞り込んだ。

一人は韓国財閥系企業出身のチェ・ウンソン。百八十センチを超える長身が印象的だ。年齢は三十四歳と若いがソウル大学校を卒業した高学歴エリートで、いかにも優秀なビジネスマンという出で立ちだ。

もう一人はイ・ジョングク。中肉中背で頑健な体軀の三十八歳。外資系企業に十五年間勤めており英語が堪能だ。

二人とも三十代と若いが経歴は申し分なく、面接の印象も潑剌としていて良かった。

面接試験を突破した二人は、最終面接試験を兼ねた日本での二週間の実地研修に進んだ。

一週間後、二人の実地研修を担当している京都店店長の前川から小野に電話がかかってきた。

「小野さん。前川です」

「二人の研修は順調ですか」

「ええ、順調は順調なのですが、ちょっと気になることがあります」

「気になること？」

「はい。二人とも礼儀正しくて良い方なんですが、なんと言いますか、気が利かないというか……」

「うーん。よく分からないな。困っているの？」

「いいえ。困っているわけではないんです。バリスタ業務をやってもらっているんですが、片付けとか補充とか細かいことをしないんです。『これもやってください』と言うと、『こんなことも私の仕事なのですか』という感じなんですよ。まわりにいるスタッフが一緒に働いていて手間が掛かると感じているんです」

「なるほど。業務を覚えようという意欲があるのかなぁ」

「そうですねぇ。無いわけではないと思いますが、あまり感じられません」

小野は電話を切ると、岩崎に相談した。岩崎は通常はアメリカベースだが、韓国の社長候補者を決定するために日本に滞在していた。

小野の報告を受けた岩崎は、怪訝（けげん）そうな表情を隠さなかった。

「どういうことなんでしょうか。小野さんはどう思いますか」

「面談してきちんと確認した方がいいですね。どんなに素晴らしいビジネスプランを作れても、ブルーボトルコーヒーの価値観を理解しようとしないのであれば、韓国に我々の文化を根付かせるためのリーダーとしては疑問符がつきますね」

「私も同感です。面談して様子を見てこようと思います」

「その方が良いですね。お願いします」

岩崎が京都に出向いて面談することになった。

ブルーボトルコーヒーには大きく三つの大切にしていることがある。美味しいコーヒーを出すこと、最高のホスピタリティでお客様に満足してもらうこと、そしてサステナビリティ（持続可能なこと）だ。

この会社にはマニュアルが存在しない。だから、各スタッフはすべてこれら三つの大切にしていることを実現するために自ら考え、行動することが求められる。片付けや補充などの細かい作業にもこの考え方が浸透しているため、この価値観を共有していることがチームとして一緒に働く大前提になるのだ。

岩崎も小野も社長候補の二人と、この考え方を初めから共有できるとは思っていなかった。とはいえ、もしそれを自ら学ぼうという意識に欠けているのであれば韓国支社の社長という大事なポストを任せる訳にはいかない。

岩崎と二人の社長候補者の面談はそれぞれ三十分程度行われた。

「素晴らしいビジネスプランを提出して下さってありがとうございました。キーポイントだけで結構ですので説明してください」

二人は意気揚々と自分たちのプランを説明した。彼らが描いたビジネスプランは現状の韓国におけるビジネス機会と、ブルーボトルコーヒーの成長の可能性をしっかり網羅した素晴らしいものだった。

「ありがとうございました。韓国への出店がとても楽しみになってきました。ところで、バリスタ体験はいかがでしたか」

「とても楽しくて良い経験をさせてもらっています。実際に韓国に戻ったら私自身がやることではないと思いますが、現場の皆さんがどのようにオペレーションしているのかとてもよく分かりました」

「そうですか。期間中、どのようなことを心掛けて作業していましたか」

「スタッフの生産性に注目して見ていました。無駄な動きはないか、客単価をあげるような提案ができているかどうか」

「何か気づいた点などありましたか」

「いいえ、特にありません。皆さん、とてもやさしく接してくれました」

二人のビジネスプランの内容は大きく異なっていたが、バリスタ体験についてはほぼ同じような回答が返ってきた。

岩崎はその日のうちに小野に電話をかけてきて、こう告げた。

「二人ともダメですね」

「やはり価値観ですか」

「はい。お客様やチームメイトであるスタッフへの意識よりも利益への意識が強過ぎます。そして、何よりも現場を学ぼうとするのではなく、評価しようとしているんです。ブルーボトルコーヒーのことをちゃんと知る前に自分の知識や経験だけで評価する姿勢ってどうなんでしょうか」

小野は岩崎の言うことはもっともだと思った。社長になる者だからこそ、現場をしっかり理解しなければならない。顧客体験というのは机上で作れるものではない。ただ、階級意識が強い韓国では、現場の細部については我がことと思わないリーダーが少なからずいるのかもしれないと小野は思った。

いずれにしても韓国でもブルーボトルコーヒーのやり方は変わらない。そうである以上、この二人が社長として適任ではないと小野も判断した。

二週間の予定だった実地研修は予定を三日早く切り上げることになった。

当然、韓国支社の社長採用は白紙に戻ることになり、小野たちは頭を抱えた。

ブルーボトルコーヒーの文化では社長からパートスタッフまで、一緒に働く全ての人をリスペクトすることが求められる。そして、何よりもお客様の満足を第一に考え、マニュアルのない現場での柔軟な発想と行動が求められる。そんな現場を後押しし、かつビジネスとして成立させることができるリーダーが必要なのだ。

韓国支社の社長選出は振り出しに戻った。オープンが来年の五月ということを考えると、一刻の猶予も許されなかった。

小野は日本のオペレーションの改善もしなければならず、ブライアンも米国本社の仕事があるので採用は岩崎一人に託すほかなかった。

そんな中、十二月四日に韓国にいる岩崎から電話がかかってきた。

「小野さん聞いてください！　凄く良い社長候補が見つかりました。早急に面接の日程を決めたいのですが、最短でいつになりますか」

普段は冷静な岩崎だが、この時はやや興奮していた。

「最短で十日の月曜日になりますね」

「分かりました。今すぐ候補者の方に日程を打診してみます」

岩崎が見つけてきた社長候補者は、四十代前半とおぼしきヘザー・スーという女性だった。飲食店の店舗開発の経験が豊富で、実績も申し分ない。何よりも高い論理的思考力を持ちながら、クリエイティブな感性を持っている点を岩崎は買っていた。

『この人がヘザーさんか。お洒落な人だなぁ』

面接で小野のヘザーへの第一印象は良好だった。垢ぬけていてどこか人と違うセンスを持った彼女を見て、かつてリーバイ・ストラウス ジャパンで共に働いていた仲間たちを思い出していた。

「初めまして。ヘザー・スーと申します。本日はよろしくお願いいたします」

ヘザーは流暢な英語で小野に挨拶した。

「こちらこそ、よろしくお願いします」

小野は柔和な笑顔で答えた。

ヘザーはその後ブライアンの面接もクリアして、京都店での実地研修に進むことになった。期間は十二月十七日の月曜日から二十八日金曜日までの十二日間。

ここでスタッフへのリスペクトがあるかどうかを見極めることになる。小野は前回の二人の二の舞にならないよう願った。ヘザーの面接での印象は良好で、岩崎からの信頼も絶大だったので大丈夫だとは思っていたが、それでも一抹の不安は拭(ぬぐ)えなかった。

研修開始から一週間後、小野は研修担当の前川に電話をかけた。

「ヘザーさんの研修のことだけど、どうなっているかな」

「小野さん聞いてください。前回の二人とは大違いです。私たちが教えるまでもなく仕事をテキパキとこなして、何か教えなきゃいけない時も一を聞いて十を知るで、礼儀作法もしっかりしていますし、話しやすいのでスタッフたちからも好かれています」

「そうか。それは良かった」

小野は心底ホッとした。

翌二〇一九年一月一日付でヘザーはブルーボトルコーヒーコリアの一員となる。

ヘザーは日本での研修を終えるとすぐに帰国し、一号店の出店に向けて準備を始めた。一月から出店準備を開始し五月にオープンするというスケジュールは、店舗開発の経験が豊富なヘザーにとってもかなりのハードスケジュールだった。彼女は出店に間に合わせるため、急ピッチでバリスタ、マーケティング及びファイナンスの中核となるメンバーを集め始めた。

ヘザーは財閥系・非財閥系を問わず、韓国のビジネス関係者や文化人にも幅広いコネクションがあったので、ブルーボトルコーヒーコリアの創業準備は順調に進んだ。一方、必要な機材の導入や店舗内装の工事については遠藤を中心とする日本チームによって進められていたのだが、ここで大きな問題が発生した。

ソンス店のデザイン案について、入居予定の建物のオーナーであるユン・ソッコと、遠藤ら日本チームの間に対立が生じたのだ。

日本チームは原案を考えた建築デザイナーの長坂(ながさか)のアイデアを尊重し、歴史を感じさせる昔ながらの赤レンガを外壁に使うように指示していた。ところがソッコはレンガに模した明るい色の別素材を外壁に使用すると言い張って聞かなかった。

ソッコはデザイナーとしても活動しており、自身のデザイン案に絶対的な自信を持っていた。またブルーボトルコーヒーはあくまでも所有する建物の一階に入居し、二階以上は別の会社の事務所として貸し出しているため、大幅な改修を認める訳にはいかないという事情もあった。

　しかし、ソッコのデザイン案はブルーボトルコーヒーのイメージとミスマッチであることは誰の目にも明らかだった。遠藤は何度もソッコと話し合いの場を設けたが、お互い譲らず、議論は平行線を辿った。

　ソッコはオーナーという強い立場であり、なおかつ遠藤よりかなり年長であるため、遠藤のことを見下していた。ソッコの横柄な態度に遠藤は耐えかねて、東京にいる小野に電話で相談することにした。

「ソッコ氏は我々の言うことに耳を貸そうとしません。どれだけブルーボトルコーヒーのカルチャー、デザインへの拘りを説いても馬の耳に念仏なんです。私が何を言っても、若造にデザインの何が分かるか、の一点張りです」

「そうか。それは大変だな」

「私にはどうすればいいか分かりません。小野さんならこういう時、どうしますか」

「そうだな。自分が正しいと思ったことを貫くな」

「自分が正しいと思ったことをですか」

「ビジネスに正解はない。売上げという結果は出るがそれは後付けに過ぎない。今回の件で言えばこのまま交渉を続けるか、それとも妥協してソッコ氏の意見を呑むか。どっちを選んだとしても、後から考えて正解の可能性もあるし間違いになることもあるからな。だったら自分が正しいと思ったことを貫くしかない。ただ、貫き方にはいろいろなアイデアがあると思う。そこを考え抜くことだ。経験上、交渉の袋小路に入ってしまった時は自分で逃げ道を遮断していることが多い。そこを見つけることだろうな」

「…………」

「俺は建築の観点からどうこう言うことはできない。遠藤の選択を信じるよ。その結果、韓国出店が破談になったら、俺も一緒に責任を取る」

「小野さん。ありがとうございます」

遠藤はギュッとスマホを握りしめ、誰もいないホテルの部屋で深々と頭を下げた。

翌日、迷いが晴れた遠藤は五度目となるソッコとの話し合いに臨んだ。

「何度も言うけど、外壁の素材について一ミリたりとも君たちの意見を受け入れるつもりはないからな。韓国で売れる店は我々韓国の人間が一番良く分かっているんだ。尻の青い日本人の若造に、デザインの何が分かるというんだ」

「確かに私は若く、経験不足に見えるかもしれませんが、ブルーボトルコーヒーを背負ってこの場に来ています。創業者ジェームス・フリーマンが作り上げたブルーボトルの文化を守らなければならない立場です。もしデザイン案の見直しを検討頂けないのであれば、テナントを別の場所に移すことも検討しなければなりません」

遠藤は賭けに出た。このまま交渉しても埒が明かないと判断し、破談をチラつかせることで妥協を引き出そうとしたのだ。

二月十五日。ヘザー率いる韓国チームは着々と出店準備を進めており、今更テナントを変えるとなればとんでもない遅延になることは言うまでもない。それでも遠藤は、ソッコの意見に従うことが正しいとは思えなかった。

「待て。いくらなんでも破談はないだろう。出店準備だって相当進んでいるんじゃないのか。白紙に戻せばどれだけの損害を被るのか分かっているのか」

「ブルーボトルコーヒーの存在意義はお客様に最高の体験を届けることであり、利益を上げることが最終目標ではありません」

ソッコは焦った。ここまで進めてきた出店計画を白紙に戻されて大損を被るのはソッコも同じだった。

「外壁の素材に本物のレンガを使うことは予算的に不可能だ。だが、色を上から塗るだけなら、お前たち日本チームの好きにしてもいい」

「分かりました。その案で長坂さんと調整します」

「若造の癖に、肝の据わった大した奴じゃないか」

「恐縮です」

結局妥協点として、外壁の素材そのものは変えられないが色味は長坂のアイデアにできる限り近づけるということになった。

百点満点の結果というわけにはいかなかったが、遠藤の一か八かの賭けが相手の妥協を引き出したのだ。


ヘザーと遠藤の奮闘もあり、その後は順調に開店準備が進んだ。三月一日には現地のバリスタの採用が全て完了し、翌週三月四日から日本の各店舗での研修が開始された。

この時点で二号店までの出店が予定されていたこともあり、かなり大がかりな研修になった。採用者を四グループに分け、二週間みっちりブルーボトルコーヒーの文化を叩き込んだ。

言葉が通じない中、通訳を介してコミュニケーションを取るのは大変なことだった。直接指導をするのは現場のバリスタたちだが、小野も忙しい仕事の合間を縫って研修現場に赴き、研修生や指導をするバリスタたちを励ました。

小野は研修生にも他の社員同様、家族に対するような気持ちで接した。元々社員を大切にするタイプの経営者だ。しかし、ここまで社員との距離感を大切にするようになったのはごく最近で、ブルーボトルコーヒーで働いている中での経験が大きかった。

そんな小野の愛情は、言葉の通じないはずの韓国のバリスタたちにも伝わった。小野は日本のバリスタたちからは好感を持たれていたのだが、韓国のバリスタたちからも「ケンさん」と呼ばれ、慕われるようになった。

指導する現場の店舗スタッフ、経営陣、研修を受ける韓国人バリスタたちが一丸となって努力した結果、なんとか二週間で研修が完了した。完璧というわけではないが、あとは韓国の現地実習でなんとかなるだろうという見通しだった。

そのころ韓国にいる岩崎とヘザーを中心とする商品開発チームは、韓国オリジナルの新メニューの開発を地元ベーカリーと共同で進めていた。ブルーボトルコーヒーが実践する〝地域密着マーケティング〟の一環で、でき上がったレモン・パウンドケーキは試食会で絶賛された。開店後、このケーキは看板メニューの一つとして韓国人のみならず韓国を訪れた観光客にまで広く愛されることになる。

ヘザーが指導したマーケティング部門も順調で、開店に向けた準備は着々と整えられていた。しかし、ここでまたもや問題が発生した。

使用しているコーヒー豆が原産国の問題で韓国の輸入規制に引っかかってしまったのだ。

小野と遠藤は、問題が解決するまでは日本で韓国の分も含めて輸入し、日本から韓国に輸出することで当面の間を凌ぐことにした。コストと手間はかかってしまうものの、味を落とさないための苦渋の決断だった。

これによりコーヒー機材・調理器具等、開店に必要な器具備品が全て揃い、開店準備に必要なことは現地でのトレーニングを残すのみとなった。しかし、ここでもまた問題が生じた。

今度はコーヒー豆の焙煎（ばいせん）の仕方だった。韓国と日本の気候の違いにより、同じ素材を使っても狙った通りの味に焙煎できなかったのだ。

日韓（にっかん）のバリスタたちの努力によりなんとか現地でもブルーボトルコーヒーの味を出せるようになったのだが、焙煎士の感性の違いなどもあり、韓国人バリスタが淹（い）れるとコーヒーの味が安定しなかった。そこで岩崎は小野にオペレーションの調整を依頼し、日本から焙煎士を韓国に派遣することにした。

スケジュール調整は、アンダーセンで鍛えられた小野の十八番（おはこ）だ。小野と遠藤はスタッフ一人一人の意見を最大限汲（く）み取りつつ、日本と韓国両方の店がうまく回るよう調整した。日本での実習で日韓両国のバリスタたちに信頼関係が生じていたのも大きく、厳しいスケジュールながらも社員たちは皆協力的だった。

皆が一丸となって奮闘したお陰で五月三日、ついに韓国一号店のソンス店がオープンした。ワールド・バリスタ・チャンピオンシップ優勝者のマイケル・フィリップス氏も来韓（らいかん）したオープニングイベントは大成功を収め、国内外問わず取材が殺到した。オープン当初は常に四時間待ちとなる大行列ができた。

小野はその報を日本で聞いた。オープニングイベントの成功を耳にした時、喜びよりも安堵感（あんどかん）の方が大きかった。それだけ今回の韓国進出は懸念材料が多かったのである。

また、今回のプロジェクトでは小野の貢献もさることながら、ヘザー率いる韓国チームや遠藤の活躍が大きかった。小野は、入社当初から目を掛けてきた遠藤や韓国の若いチームがプロジェクトを通して急成長していく様に、大いに感動した。

ソンス店は四時間待ちの状態が一か月ほど続き、日本の一号店である清澄白河店のオープニング記録を更新するほどの大成功を収めた。月間売上げでも当時世界一位だった新宿店に迫る勢いであった。

カフェ文化への関心が高い韓国国民にも、ブルーボトルコーヒーの拘り（こだわり）・文化・想いが受け入れられた結果なのであろう。

しかし、一号店の華々しい門出に喜んでばかりもいられなかった。二号店であるサムチョン店のオープン予定が六月に迫っていたからである。

ここでも建物関連の問題が発生した。韓国では地震が少ないせいで日本の建築物に比べて耐震性が低い建物が多く、予定していたレイアウト通りの店舗を作ることができなかったのだ。

このことをデザイナーである長坂に指摘された時、遠藤は真っ青になった。また京都店の時のような追加工事となった場合、出費が嵩み、大幅な遅れが予想されるからだ。

ビルのオーナー側と議論を重ね、最終的には二階と三階のレイアウトを入れ替えることで耐震性の問題に対応できることが判明した。追加の出費は最低限で済み、遅延も最小限で収まった。

このことを聞いて、小野はとても嬉しかった。問題が発生しても遠藤ら若い社員たちが周囲を動員して解決策を講ずるようになったからだ。小野は、もはや自分はこの会社に必要ないのではないかとさえ考えたほどである。

二号店であるサムチョン店は予定より一か月遅れの七月五日にオープンした。オープニングイベント等は特に予定されていなかったため、遅れによる悪影響は少なく、一号店が評判になっていたこともあり売上げも好調な滑り出しだった。

好調と見るや、ブルーボトルコーヒーは怒濤の攻勢をかけた。八月に三号店のヨッサム店、九月に四号店のアックジョン店と三か月連続で新規出店したのだ。

これらの店も一号店、二号店同様、行列の絶えない人気店となった。特に三号店出店地のヨッサムはカンナム地区の繁華街の中心地で、スターバックスなど競合となり得るカフェが多い地域だった。そのヨッサムでも行列ができたことは、ブルーボトルコーヒーが如何に韓国国民に支持されているかを裏付けていた。

この時点で世界のブルーボトルコーヒーの売上げランキング・トップ5のうち、三店舗が韓国、二店舗が日本という状況だった。

更に韓国の店舗は売上げのみならず、利益率も日本やアメリカの店舗と比べて高かった。それは小野とヘザー、二人のビジネスのプロフェッショナルが出店計画の段階から関わっていたことが大きかった。

小野とヘザーは岩崎らのブランドへの思いを最大限尊重しながらも、その上でしっかりと利益が出る店舗モデルを開発したのである。

四号店の成功を受け、ここからは韓国チームだけでも十分やっていけると判断した小野は、以降の運営を全てヘザーら韓国チームに任せることにした。

同年九月三十日。小野はヘザーと今後の方針に関する最後の会議を終え、韓国を後にした。

最後の会議で小野は急激な店舗数の拡大は顧客に飽きられるリスクがあること、一店一店をしっかり地域に根付かせることが大事だと説いた。よって、韓国では十店舗以下の出店に抑えるという今後の方針が決まった。

4

その後も小野は日本支社のリーダーとして働き続けたが、十一月に大きな転機が訪れた。

米国本社が韓国での成功を受け、これまで日本、韓国と個別の国単位で行っていた組織をアジアで一本化することに決定したのだ。

この組織変更によって小野のポジションである取締役兼最高責任者という役職は無くなり、日本での最高位の役職は事業統括部長になることが決まった。

『潮時だな』

小野はそう思った。事業統括部長として残ることもできるが、そのポジションならば成長した遠藤が十分にこなせると考えたからだ。

十一月二十五日。小野は岩崎に退職願を提出した。

「日本支社に社長というポジションが無くなると分かって、自分なりに色々考えた結果です。事業統括部長のポジションは、遠藤なら務まります」

「ここまで貢献してくださったのに……、日本にポジションが無くなってしまいごめんなさい」

岩崎は涙を流した。ここまでブルーボトルコーヒーの発展に貢献してくれた小野を、切り捨てるような形になってしまったと感じていたからだ。

「良いんです。効率化のことを考えればアジアを一つの組織にするのは合理的ですし、私は十分に役目を果たせたと思っています」

小野は元々、ビジネスの経験は浅いが熱意のある岩崎をサポートしたいという思いでブルーボトルコーヒーに入社した。そして、人事評価制度を確立し、京都店出店を機に出店基準を制度化することも為し遂げた。その制度を基に関西進出への足掛かりを作り、更に韓国への進出をも成功させたのである。十分やり切ったと小野は満足していた。

とはいえ、やり残したことがないわけでもなかった。どういう条件下ならば黒字になるかという道筋は見つけたものの、実際にはまだブルーボトルコーヒージャパン全体としての黒字化を達成できていなかったのである。

その達成は岩崎と遠藤ら若い後進たちに託されることになった。

十二月二日。小野の退職が日本、アメリカ、韓国の関係者に通知された。小野は国内外を問わずスタッフたちから愛されており、岩崎のように涙を流す者も少なくなかった。

退職の発表後も、小野はブルーボトルコーヒーのために労力を惜しまず働いた。特に日本支社で最高のポジションに就く、遠藤への業務の引き継ぎは急務だった。

遠藤は度々「自分が日本支社のトップになるのは不安だ」と漏らしていたが、小野はそんな遠藤を励まし、またトップのポジションでもやっていけると信じていた。

全ての業務を終えた小野は二〇二〇年一月三十一日付でブルーボトルコーヒーを退職することになった。

小野の送別会は中目黒の中華料理店で行われた。参加者は日本のブルーボトルコーヒーのメンバーとバリスタを含めたスタッフたちだ。

「今までありがとうございました。ついにこの日が来てしまいました。ブルーボトルコーヒーのコーヒー愛、お客様に楽しんでもらいたいという想いは素晴らしいです。私自身、勉強の毎日でした。これからは遠藤君が日本支社をしっかり引っ張ってくれると確信しています。皆さんで盛り立てて、ブルーボトルコーヒーをより発展させて下さい。本当にありがとうございました」

挨拶終了後、遠藤が小野に話しかけた。その目には岩崎同様、涙が滲んでいた。

「小野さん。不安だらけなので、連絡しますから」

「大丈夫だって。お前ならやれる。でも、不安になったら、いつでも連絡して来い」

遠藤はその後、ブルーボトルコーヒージャパンのトップの立場で奮闘した。連絡すると言ったが、その後遠藤が小野に連絡をすることは無かった。後に人づてに立派に責任者としてやっているという話を聞いた小野は、ブルーボトルコーヒーでの役割を終えることができたと安堵した。

バリスタや店舗スタッフたちも、小野の退職を悲しんだ。

「小野さんが居なくなるとバランスが崩れないか不安です」

「大丈夫。みんな本当に成長してくれた。俺が今まで働いてきた中で、一番素晴らしく良い会社だったよ」

「小野さんは退職してもブルーボトルコーヒーの仲間です。たとえここでお別れでも、小野さんから受けたご恩は忘れません」

「また店に遊びに行くよ。永遠の別れってわけじゃない」

「はい。いつでもお待ちしています」

この言葉通り、退職後もブルーボトルコーヒーのスタッフらはしばらく本社に内緒で、社員価格で小野にコーヒーを提供した。辞めた後でも仲間だと思ってくれているのだと小野は胸が熱くなった。

こうしてブルーボトルコーヒーでの小野の挑戦は終了した。小野の入社時には六店舗しかなかったブルーボトルコーヒーは、退職時には日本だけでも十六店舗に拡大し、更に韓国にまで進出した。

結果的に大成功だったのは言うまでもないが、今までマーケティングを学ぶために退職したアンダーセンコンサルティングを除き、初めての円満退職だということも大きかった。

ブルーボトルコーヒーはトップの創業者から末端の社員に至るまで〝美味しいコーヒーを届けたい〟という思いが一貫していたのが大きく、最高の会社で働くことができたと、小野は自負していた。

小野のブルーボトルコーヒーでの挑戦は終わったが、最後に少しだけ、その後のブルーボトルコーヒーの話を記したい。

ブルーボトルコーヒーはその後も順調に成長し、二〇二二年六月時点で二十五店舗にまで拡大。また他にも名古屋で六月九日～七月三日の期間限定で「BLUE BOTTLE COFFEE IN NAGOYA」を展開するなど精力的に活動を続けている。

小野の残した〝持続可能なビジネスモデル〟をしっかりと進化させ、美味しいコーヒーを提供しているのだ。

小野はブルーボトルコーヒーを辞めた後、自身の個人事業であるコンサルティング業に集中し、六社もの顧客を開拓していた。

　そんな時、ある企業の人事部長から何度も誘いを受けていた。その熱心な姿勢に心が傾きかけた時、未曽有の感染症が猛威を振るいだした。

　新型コロナウイルスだ。このウイルスはすべてのビジネスの在り方を変えた。そして、小野の顧客からもプロジェクト続行が不可能と判断され、キャンセルが相次いだ。子供二人を大学に行かせる費用を捻出しなければならない小野には、もう一度企業で働くという選択肢以外にはなかった。

『これが最後の転職になるだろう』

　意を決した小野はその人事部長に連絡し、面接の予定を取り付けた。

　妻の桂子は心配そうに小野に語りかけた。

「面接、どうだった?」

「ああ、決まったよ。次は〝アサヒコ〟という豆腐屋だ」

「豆腐屋!」

　桂子は驚いた。今までアンダーセン、P&G、リーバイス、モルソン・クアーズ、ブルーボトルコーヒーとお洒落なアメリカの企業ばかり渡り歩いてきた小野らしからぬチョイスだと思ったからだ。

　株式会社アサヒコはもともと西武系列の会社で、堤清二の鶴の一声で作られた朝日食品株式会社が前身である。その後、ファミリーマートの子会社を経て二〇一四年に韓国企業に買収され、二〇一六年に社名が株式会社アサヒコに変更された。

「ああ、豆腐をはじめとする食品の製造・販売会社だ。今まではブランドイメージも、とるべきマーケティング戦略も全く違ってくるだろう。だからこそ、面白いと思ったんだ。そして、何より日本の文化育成に貢献できる」

小野の目は新たなる挑戦に燃えていた。その目は二十代のあの頃と変わらなかった。

あとがき

二〇二〇（令和二）年春に『破天荒』の小説新潮での連載を終えた。最後の作品のつもりで執筆したのだが、書き終えた途端これで筆を折ることもないか、まだ何か書かなければとの思いが募っていた。

その頃、外資系企業に勤務していた娘婿の健一から「また仕事が変わります。五回目の転職になります」と聞かされた。

これまで私は、外資に勤める婿の仕事などに関心は無く、小学生から大学の四年間までずっと野球に熱中していた百八十三センチの長身で体力抜群の優しい男。もっとも外資で働いているからには英語は得意なんだろうとの認識だった。

夏に山中湖の別荘に来た健一から話を聞くことができた。

アンダーセンコンサルティング（現アクセンチュア）の採用方法がいたく気に入り、研修ではシカゴにも行けるとの安易な思いもあって入社を決めたという。

研修期間中、与えられた課題は英語のマニュアルを渡されてホテルのリザベーションシステムを作成することだった。英語力はＴＯＥＩＣ四百点程度と乏しいうえにコンピュータの知識も無かったので、同僚たちから〝ドベチーム〟と蔑まれた。
研修後の配属先は、大阪のシャープや名古屋のJR東海などで、システム開発の業務であった。システム導入の期間は三か月程で、帰宅することもままならず近くのカプセルホテルに泊まりこんでのわずかな睡眠という想像を絶する過酷さだ。

七年半勤めたアンダーセンを「マーケティング」を学びたいとの思いで、当時一千万円を超えていた年収が半分以下になったとしてもと、「P&Gジャパン」への転職を決めた。「将来は社長になる」という夢を達成するために必要と、大胆な行動もしている。

こうした話を聞いて、『これは小説になるぞ』と確信した。身近なところに〝テーマ〟を見つけたことになる。タイトルは『転職』と決めた。六回就職したので、一社一話で行こう。

十月には健一の実家に出向いて、ご両親に取材をした。健一の父親は工作機械の設計事務所を営んでいた。熊本県の出身で中学卒業と同時に上京し、鋳物工場で住み込みで働き、結婚後に夜間高校に進学したとのことだった。取材を終えて帰りの車中、健一は「初めて聞きました」と驚いていた。私も小学六年から一年半千葉郡二宮町（現船橋市）のめぐみ園（児童養護施設）にいたことを子供たちには明らかにしていなかった。

この時、同行した孫の健友（健一の息子）が私の取材の様子、二人の祖父の生き方に興味を持ったとのことだった。

　翌二〇二一年早々から本格的に取材を進めようとしていたのだが、新型コロナウイルス感染症の影響で後期高齢の私は、外出はもちろんのこと同居家族以外との接触を避けざるを得なくなった。そこで孫の健友に取材させようと思い立った。

「健友。お父さんから話を聞いてお祖父ちゃんの小説の手伝いをしてくれないか」

「はい。やってみたいです。僕はお祖父ちゃんの書いた小説で『青年社長』が好きなので、これを読んで高杉良の文体などを勉強します」

　健友から届いた下書きの原稿は、箇条書きかと思っていたら、最初から会話が入った小説スタイルで書いてきたので仰天した。会話が書けるのが作家、書けないのはエッセイストと私は冗談混じりに友人たちに話していたからだ。

　十月。懇意にしているＫＡＤＯＫＡＷＡ文芸雑誌編集部部長の山根隆徳さんに相談したところ『小説　野性時代』電子版での連載が決まった。

　数年前、大手出版社の役員との間で以下のようなやり取りがあった。

「先生はデータマンを何人ぐらい使っているのですか」

「使っていません。全て自分一人で取材して書いています」

「録音とかしないのですか」

「しません。それどころかノートも持ち歩きません。ただし、会食中に箸袋などにメモすることはありますけどね」

「秘書は？」

「手書きの原稿を家内に渡して嫁（次男の妻）に入力させています。送稿など全て家内に任せています。強いて言えば家内が秘書でしょうかね。知識不足を補うために銀行員の息子に確認を求めることはあります」

「先生は家族のチームで仕事をしているわけですね」

その昔、日本興業銀行の中山素平さんから「高杉さんは知りたがり屋ですね」と言われた覚えがある。

私は書くことよりも取材が大好きで、取材好きが取り得だと自負している。一九八〇年イラン革命最中に現地の取材にも行った。今回ばかりは自身での取材が少なかったので忸怩たる思いはある。しかしながら文章力が孫に遺伝したのだろうと嬉しい気持ちのほうが勝っている。

『転職』は孫の力を借りて執筆した初の作品となった。

二〇二三年二月

解説　名もなき花に光を当てて——高杉良が紡ぐ青春譜

加藤正文（神戸新聞経済部長・特別編集委員・論説委員）

経済小説の系譜で三千メートル級の高峰としてそびえる作家は城山三郎、清水一行、高杉良の三人だ。いまロンドンを拠点に精力的に作品を刊行している黒木亮の見立てにうなずく。

一九二七（昭和二）年生まれの城山は、海軍の少年兵として戦争の不条理を体験し、終生、「組織と個人」のあり方を追求した。三一（昭和六）年生まれの清水は戦後の焼け跡から身を起こし、証券市場の心臓部である兜町を這い回り、躍動感あふれる企業小説を量産した。この二人は敗戦と復興、高度経済成長を刻んだ昭和時代を色濃く体現した作家といえよう。

平成の三千メートル級の高峰

一九三九（昭和一四）年生まれの高杉は一九歳で石油化学新聞の記者となり、企業社会の現場に飛び込み、筆力を磨いた。七六年の『虚構の城』でのデビュー以降、『大逆転！』『生命燃ゆ』『大脱走』『広報室沈黙す』『炎の経営者』など苦難に際して前向きに闘う男たちを描いた名品を次々と刊行した。成長と繁栄、その負の側面も含め、昭和のダイナミズムをつかんだ高杉だが、その真骨頂は時代の転換点となった平成の経済社会の潮流変化を察知し、作品として結実させたことにある。

バブルからその崩壊に至る時期に、長編『小説　日本興業銀行』（一九八六〜八八年）を出したのを皮切りに金融や官僚、メディアの世界を描いた作品が続く。『小説巨大証券』『濁流』『烈風　小説通産省』に続き、筆名を高めた大河シリーズ『金融腐蝕列島』（一九九七〜二〇〇八年）ではバブル崩壊で金融機関がのたうち迷走する様子を活写した。二〇〇〇年代に入ってからも『小説　ザ・外資』『乱気流　小説・巨大経済新聞』『破戒者たち　小説・新銀行崩壊』など同時代の問題点をえぐる作品を連発した。

時代を切り取った作品群は、市場原理主義や拝金主義、権力者の腐敗、不条理を、働くミドルの立場から厳しく追及してきたのが特徴だ。平成の標高三千メートルの峰にはそうした傑作群が並ぶ。

家族とともに紡いだ物語

高杉は二〇二三年一月で八四歳になった。近年患った肝臓がんや前立腺がんに加え、加齢黄斑変性で視力が落ち、妻の献身的なサポートで日々の生活が続いている。とはいえ創作意欲は衰えない。最近では児童養護施設に預けられた少年時代の体験をつづった『めぐみ園の夏』（一七年）に続いて、ITベンチャーに焦点を当てた『雨にも負けず』（一九年）、石油化学新聞での駆け出し時代を書いた『破天荒』（二一年）を出版した。

デビューから四七年が過ぎた。八〇以上の作品を出した経済小説の巨匠も、さすがに外に出ての企業取材はできなくなった。そんなある日、転職を重ねる娘婿の話に反応した。「三度の飯より取材が好き」という好奇心の塊は「よし、話を聞かせて」となった。本作の主人公、小野健一の誕生の瞬間だ。東京・浜田山の自宅で近所の寿司店で山中湖の山荘で、新型コロナウイルス禍で面談が難しい時には孫の協力を得ながら、いつものごとく丁寧な取材が続いた。「ほとんど実話だよ」。家族とともに紡いだ物語は無類の面白さだ。

小野は新卒で入った外資系コンサルティング大手アンダーセンコンサルティング（現アクセンチュア）を振り出しに、P&G、リーバイス、モルソン・クアーズ、ブルーボトルコーヒー、アサヒコ…と次々と会社を移る。それぞれ異なる業界、異なる企業風土だが、どこへ行っても向き合うのは人間と組織であるのに変わりはない。マーケティングを究めたいという初志があるから持ち前の向上心で組織再生に挑む。そんな中、ヘッドハンターの声が掛かり、モルソン・クアーズ・ジャパンで念願の社長に就く。

前向きであきらめない小野が縦横に活躍する姿は爽やかだ。少年時代から野球一筋。高校時代は〈度胸は人一倍どころか百倍あった。先輩に言いがかりをつけられても、堂々と言い返していた〉。英語が苦手なのにもかかわらず外資系コンサルティング会社に入って体当たりで課題に取り組む。〈頼れるのは己だけ〉という過酷な状況でプログラミングの技術を高め、システムの開発に打ち込み、取引先や同僚の信頼を勝ち得ていく。

経済小説の三要素

経済小説の成否を決めるのは情報性、人間性、娯楽性の三要素だ。実用的かつ文学的、エンターテインメント性があればなおいい。本作の奥行きを広げているのは転職先企業の状況が細部に渡るまで書き込めているからだ。P&Gではファブリーズを担当し、入社二年目にしてブランドマネージャーになる。プリングルス、パンパースと主力商品を担当する。上司のディレクターが小野に諭す。〈「いいか。マーケティング戦略と言っても、結局現場で働く営業が一番大事なんだ。だから我々は現場の声を積

極的に聞いて、連携を密に取らなければならない」〉
全編にあふれるこうしたリアリティーある会話に引き込まれる。畑違いのリーバイスではまずカルチャーショックに始まる。〈P&Gでは〝コンシューマー・イズ・ボス〟の考え方を基に、消費者が求めていることは何かという観点からマーケティングが始まる。しかしながら、アパレルブランドの場合は、自分たちがどういう商品を顧客に届けたいかという感性が出発点なのだ〉
取材でしかすくいあげられないエピソード。会議で小野がコスト削減による値下げを提案したアジア本部社長に反論するシーンが小気味よい。〈「私は、特にユニクロの存在を考えた場合、仮に今エドウインと同価格にしたとしてもブランド価値を高めていかなければ将来的にはユニクロに総取りされるだけだと思います」〉

「青年社長」再び

高杉作品といえば組織の暗部をえぐり、時の為政者に筆誅（ひっちゅう）を加えるという、取材に基づく迫真力が魅力だった。世間を騒がせたあの事件のこの人物を思わせる生々しい物言いとすさまじい権力欲。対して、泥沼の現実の中で権力者と闘う中間管理職の苦悩と勇気。時代を切り取る経済小説の真骨頂がそこにある。

時を経た今、高杉の円熟の筆は限りなく優しい。不条理を憎む反骨精神の芯（しん）にあったヒューマンで無垢(むく)な魂が発露している。それは、『組織に埋れず』『青年社長』『雨にも負けず』と同様に、はつらつとした若者が仕事を通じて成長していく青春物語に昇華されている。それぞれの持ち場で奮闘する名もなき花に光を当ててエールを送る。これこそが高杉の神髄なのだ。本作で小野はモルソン・クアーズ・ジャパンやブルーボトルコーヒージャパンでトップに就くが、初心は少しも変わらない。私心を捨て去り、人々と正直、誠実に向き合い、筋を通す。「青年社長」は仲間を大切にしながら組織に命を吹き込んでいく。

どんなに時代が変わっても守らなければならないものがある。それは家族であり、雇用であり、安心して人生を送ることができる平和な民主主義社会だ。戦後の混乱期に少年時代を送り、記者として作家として幾多の人間ドラマを見てきたからこそ、それらを脅かす時流や為政者に対して厳しい態度で臨んできたことが分かる。

アルチザン作家の気骨

高杉は自分自身を「アルチザン（職人）」と呼ぶ。「取材七割、執筆三割」。書き始めた段階でもう七割が済んでいる。足軽く取材をして読み応えのある物語を紡げるのは天賦の才だ。八四歳で出すこの新刊への思いを聞きに東京・浜田山の自宅を訪ねた。「ここまで近寄ってやっと君の顔がわかるんだよ」と言ってぐっと顔を寄せてきた。

「こうやって四倍のルーペをみながら書くわけ。仕事は外が明るくてまだパワーもある午前中に限られる。朝食前にちょっと書いて、食後、本格的に書いて一一時半ぐらいでやめちゃう。これまで筆を折りたいと思ったことは何回もあった。もうそんなに働く必要もない、でもまだ書けると思い返す。作家の業と言った編集者がいたけど、ファンを思えば簡単に投げ出してはいけない、頑張ろう、集中しようと言い聞かせています。本格的な取材はもうできないけれど自伝的小説や短編などに向き合っています。何より書いているから元気でいられるしね」

（敬称略）

主要参考文献

堺憲一『日本経済のドラマ　経済小説で読み解く１９４５－２０００』（二〇〇一年、東洋経済新報社）
加藤正文「明日への航跡 同時代を語る　作家　高杉良さん」『神戸新聞』（二〇〇二一年）
黒木亮『兜町の男　清水一行と日本経済の80年』（二〇二一年、毎日新聞出版）
ほかに高杉良の作品、インターネットの記事などを参照した。

本書は、「小説　野性時代」二〇二二年三月号〜二〇二三年一月号の連載（隔月連載）を、文庫化したものです。

転職

高杉 良

令和5年 5月25日　初版発行

発行者●山下直久

発行●株式会社KADOKAWA
〒102-8177　東京都千代田区富士見2-13-3
電話　0570-002-301（ナビダイヤル）

角川文庫 23653

印刷所●株式会社暁印刷
製本所●本間製本株式会社

表紙画●和田三造

●お問い合わせ
https://www.kadokawa.co.jp/（「お問い合わせ」へお進みください）
※内容によっては、お答えできない場合があります。
※サポートは日本国内のみとさせていただきます。
※Japanese text only

ISBN 978-4-04-112535-9　C0193

◇◇◇

角川文庫発刊に際して

角川源義

第二次世界大戦の敗北は、軍事力の敗北であった以上に、私たちの若い文化力の敗退であった。私たちの文化が戦争に対して如何に無力であり、単なるあだ花に過ぎなかったかを、私たちは身を以て体験し痛感した。西洋近代文化の摂取にとって、明治以後八十年の歳月は決して短かすぎたとは言えない。にもかかわらず、近代文化の伝統を確立し、自由な批判と柔軟な良識に富む文化層として自らを形成することに私たちは失敗して来た。そしてこれは、各層への文化の普及滲透を任務とする出版人の責任でもあった。

一九四五年以来、私たちは再び振出しに戻り、第一歩から踏み出すことを余儀なくされた。これは大きな不幸ではあるが、反面、これまでの混沌・未熟・歪曲の中にあった我が国の文化に秩序と確たる基礎を齎らすためには絶好の機会でもある。角川書店は、このような祖国の文化的危機にあたり、微力をも顧みず再建の礎石たるべき抱負と決意とをもって出発したが、ここに創立以来の念願を果すべく角川文庫を発刊する。これまで刊行されたあらゆる全集叢書文庫類の長所と短所とを検討し、古今東西の不朽の典籍を、良心的編集のもとに、廉価に、そして書架にふさわしい美本として、多くのひとびとに提供しようとする。しかし私たちは徒らに百科全書的な知識のジレッタントを作ることを目的とせず、あくまで祖国の文化に秩序と再建への道を示し、この文庫を角川書店の栄ある事業として、今後永久に継続発展せしめ、学芸と教養との殿堂として大成せんことを期したい。多くの読書子の愛情ある忠言と支持とによって、この希望と抱負とを完遂せしめられんことを願う。

一九四九年五月三日